Busco Cómplice De Vida Para Conquistar El Mundo...

Adriana Ivette Villarreal Torres, Ph.D.

ISBN: 9798837721236
www.pensandoenespiral.com

Para José… se llame como se llame, haya existido en la realidad o solo en mi mente… Gracias por provocarme lecciones de Vida…

También para mis Hermanos Elegidos… Gracias, porque con ustedes las lecciones de vida son menos dolorosas e incluso hasta me puedo terminar riendo con ellas…

Esta segunda edición va dedicada a todos aquellos que leyeron la primera edición y me buscaban para compartirme lo que iban sintiendo mientras leían...

También para todos aquellos que no se quedaron en la parte de echarme flores y porras, sino que se animaron a mostrarme huecos que tenía el libro y me dijeron: El mapa no me quedó muy claro...

Y para el Pbro. Adrián Alejandro que no solo me dijo que no quedaba claro, sino que se vio picado por la curiosidad y la ñoñez y apareció con propuestas para hacerlo más claro... ¡Hip, hip, hurra por todos los ñoños (personas que somos fans de pensar, aprender y descubrir)!...

Agradezco a Parvin Loera y a Mony Rodríguez, que se dieron a larga tarea de dar una revisada a estas letras antes de que salieran a la luz pública, para que tuviera la menor cantidad posible de errores.

Gracias a Dosis, quien le dio la revisada a los agregados de la segunda edición, para que no se me fueran algunos horrores en las letras.

Agradezco también al Pbro. Oscar Lomelín Blanco, quien con toda la confianza que ha depositado en mí y en las boliteorías, me ha ayudado a identificar el camino a seguir, y me inspira a pensar y sentir más, para seguir escribiendo y creando...

BOLINOTAS ACLARATORIAS

1. Esta obra esta basada en datos científicos, historias escuchadas, vividas y creadas. Los nombres de los personajes que aparecen los puse en honor a amigos muy cercanos que tengo, y eso no significa que fueron o no parte de la historia. Por si se los encuentran en la calle los pueden saludar, a sabiendas de que sus nombres tal vez aparecieron en este libro solo porque los quiero mucho.

No puedo asegurar ni negar que la historia fue basada en hechos reales... solo se que disfruté y aprendí mucho escribiendo este libro.

2. A petición de mi revisora Parvin, quien se da a la ardua tarea de hacerme entender como algunas de las cosas que escribo no son tan digeribles, hago la aclaración de que todo aquello a lo que le pongo el prefijo "Boli-", significa que es algo muy mío, que proviene de las entrañas de mi ser, porque aunque me llamo Adriana, desde 1997 me dicen Bolis, y se ha convertido en algo más mío que mi propio nombre.

3. En el libro encontrarás palabras que están escritas con mayúscula sin cumplir ninguna de las reglas ortográficas para hacerlo. Pero son palabras que para mí tienen tanta importancia o son conceptos tan claves en la Vida, que me es imposible escribir con minúscula. Así que por ello pido perdón a los ojos de todos aquellos que no sufren al leer faltas de ortografía. No puedo evitarlo, sobre todo con la palabra Amor y todos sus derivados.

Atentamente: Bolis :)

ÍNDICE

BOLIPRÓLOGO

(que puedes leer o brincártelo, como yo casi siempre lo hago... he aprendido que la vida es para, con conciencia y responsabilidad, hacer lo que nos venga en gana)

Creo en el Amor de Pareja, no tengo nada en contra del matrimonio para toda la vida, de hecho, estoy segura de que existe, y que, si se ama sanamente y se trabaja en ello, puede ser de las experiencias más perfectas e iluminadoras de toda la vida.

Creo que sí hay hombres honestos, fieles, confiables, responsables, etc., y también hay mujeres buenas, amables, consentidoras, fieles, transparentes, etc. Y que pueden encontrarse en el momento adecuado, enamorarse, amarse y compartir la vida.

He visto que en las películas, canciones y otras formas de expresión que tratan del amor de pareja venden ideas erróneas acerca de él. Tal parece que los únicos que "venden" son aquellos que hablan de los amores tortuosos, que lastiman.

¿Has visto lo que pasa cuando en algún evento social comienza una canción de despecho, tristeza o la muy conocida "rata de dos patas"? La cara de muchas personas cambia, como si todos tuviéramos en el corazón un "amor inconcluso" al que quisiéramos ver friéndose en la olla de la bruja de Hansel y Gretel, y desde el fondo de nuestra garganta gritamos con toda la emoción aquellas letras.

Como si la regla fuera dejar la herida viva, mantener círculos abiertos y dejar tatuado en mi piel aquel "amor" que no me correspondió o que me quebró el corazón.

Qué simple sería si viviera desde el respeto (a los demás y a mí misma) que cada quién ama a quien quiere amar y de la forma que quiere y puede. Y esto no significa que cualquiera que quiera amarme como se le venga en gana yo deba respetarlo y aceptarlo así, sino que dentro de ese respeto solo acepto a aquel que su forma de amar sea rica para mí y que mi forma de amar también sea disfrutable para él. Saber que ese amor puede cambiar en cualquier momento y que solo mientras ambos estemos en el mismo canal de amor y respeto, esa relación puede darse. Si cualquiera de los dos se quiere "bajar del tren" es libre de hacerlo (aquí no hablo de soltar responsabilidades como la que se tiene con los hijos, sino en el tren de la relación de pareja).

Nadie debería ser obligado a permanecer en una relación de pareja bajo ninguna circunstancia, y mucho menos utilizando medios como la manipulación o el chantaje.

Creo en la libertad de elegir pareja y poder vivir la vida con quien mejor me parezca. Y como requisito indispensable, que esa persona también quiera compartir la vida conmigo.

Me parece que la idea de "hasta que la muerte los separe" es muy útil para mostrar el compromiso que implica el elegir una pareja. He conocido unos cuantos casos en los que siguieron al pie de la letra esta frase... hasta que murieron. Y no me refiero a la pareja de 95 y 98 años que estuvieron enamorados hasta el último día de su vida, me refiero a aquellos que dejaron que se violara su libertad, voluntad, dignidad e integridad y terminaron muertos, ya sea emocional o físicamente.

He visto a personas terminar con su vida convencidas de ideas (malinterpretadas desde mi perspectiva) como "Morir por amor", "Amar hasta que duela".

¿Cuántas personas muertas tiene que haber antes de que como sociedad dejemos de presionar a las personas a tener que vivir en una relación de pareja a pesar de su integridad y su vida?

Desde hace 20 años soy parte de una comunidad de gente que se dedica a dar un curso de relaciones de pareja para adolescentes. Ha evolucionado desde que inició, pasando por diversas concepciones del amor y sobre todo diferentes necesidades de la gente respecto a las relaciones de pareja.

Antes se hablaba de lo que genera una relación de pareja saludable, desde el punto de vista católico, y fue evolucionando hasta que ha llegado al punto en el que nos dimos cuenta de que antes de amar a alguien más es INDISPENSABLE amarse sanamente a uno mismo.

Yo tardé mucho en poder entender esta idea. Creo que primordialmente porque aprendí que el egoísmo es malo, y aunque es cierto, resulta que también este concepto lo había entendido de manera equivocada. Al grado de creer que todo el mundo estaba antes que yo.

Conforme ha pasado el tiempo he logrado captar esto de amarme a mí primero, sin necesidad de ser egoísta. En las letras de este libro trataré de explicarlo como lo he ido aprendiendo.

El caso es que he caído en cuenta que al tener conceptos erróneos o extremos de ideas que pudieron ser buenas cuando se crearon en cierto contexto muy particular, me ha llevado a tener un revoloteadero de ideas sobre las relaciones de pareja que me han hecho pasar por situaciones dolorosas.

No significa que todo lo que he vivido ha sido doloroso o tóxico, de hecho, si así fuera, a menos que tuviera un importante trastorno cerebral, habría dejado de pensar en esto del Amor.

Creo que algunos de los momentos más sublimes de mi vida han sido experimentando este tipo de Amor, que me impide escribir esa palabra con minúscula, por la importancia y valor que tiene... cuando se vive sanamente.

He visto que conforme voy desmenuzando este concepto, entendiendo de qué se trata, y veo lo rico que puede ser vivirlo en plenitud, no puedo decir que he llegado a crear una definición perfecta, universal, pero sí que he encontrado elementos clave, ya sea a través de la ciencia, vivencia o compartir de vida, que me han servido para detectar cómo se juega con este tipo de relaciones interpersonales.

Desarrollé un modelo que hice para mí, de acuerdo con lo que he vivido, a quien soy, a lo que deseo y a lo que veo que puede funcionar en mí. No se si aplicará para alguien más, pero cuando presenté esta información en conferencias en una universidad, algunos asistentes me dijeron que tenía que plasmarlo en un libro o en algo donde lo pudieran tener a la mano, para poder pensarlo, digerirlo, dialogarlo y llegar a sus propias conclusiones.

Así que trataré de poner en letras esto que he estado pensando durante algunos años, y me ha sido útil para limpiar y describir, para mí, de qué tratan las relaciones interpersonales y cómo pueden llegar a ser un Amor consumado, pleno y sobre todo disfrutable.

También escribiré sobre lo que he aprendido sobre las relaciones tóxicas, degradantes y destructivas, sobre algunos conceptos que en su momento sirvieron, pero se han tornado inútiles o inaplicables, pero en menor cantidad. De esto tratará un siguiente libro.

Busco dejarte preguntas e ideas que espero te provoquen movimientos neuronales que te lleven a crear tu propio concepto del Amor de pareja, que aplica para ti y para esa persona con quien quieres formar una pareja. Tan único como ustedes mismos.

Aquí solo presento ideas subjetivas, desde el cristal donde miro mi vida. Tú crea tu propia idea que te lleve a donde estás soñando estar.

No descubro ningún hilo negro o la "clave del Amor" ... solo propongo cierto orden para poder tener más claridad y entender.

Y una nota más antes de seguir. Este libro lo escribí desde dos miradas, gracias a la inspiración de una conversación casual pero reveladora, con Alejandro Almaguer.

Por un lado, la del corazón, que va narrando la historia de manera visceral, sin muchas ganas de entrar en la lógica racional. Y, por otro lado, con el cerebro, quien va tratando de establecer un poco de orden y explicación a aquello que va sucediendo.

Para ello, usaré dos símbolos:

♥ Representa la historia narrada desde la emoción, directa del diario.

🧩 Representa una pieza del rompecabezas de la teoría, de la lógica, de la razón, en un esfuerzo titánico por poderle ponerle las *"cosas claras"* al corazón.

Boliprólogo a la 2a Edición

Desde que publiqué "Busco Cómplice de Vida para Conquistar el Mundo", algunas personas me estuvieron diciendo que el mapa de "¿Qué Somos?" no quedaba muy claro. Pero fue hasta noviembre de 2021 que un alumno, Adrián, no se quedó en decirme que no quedaba claro, sino que se sentó a pensar en la manera en la que podría ser más comprensible. Así surgió esta segunda edición, en la que no solo algunos "detalles" se corrigieron, sino que se buscó más claridad. Espero que lo hayamos conseguido.

(...De mi diario privado, en un día cualquiera...)

"AMARSE SE CONJUGA EN PRESENTE"

"Creo que nadie tiene la posibilidad de prometer un Amor eterno, para siempre... incluso dentro de una semana...

La vida puede cambiar tanto en unos segundos, y llevarse con ella mucho de lo que somos... y traernos algo nuevo... que creo que sería ilógico poder predecir algo así... sobre todo en esto del Amor...

Claro, el Amor por los hijos es harina de otro eterno y perfecto costal... yo hoy escribo sobre ese Amor que se detona en los ojos de alguien más que ni de tu familia es...

Ese Amor que te produce "mariposas en la panza" ... que te mueve a hacer y deshacer... a romper aquello que estorba y a construir lo que haga falta... sin necesidad de forzar... ese en el que simplemente eres, y con eso el mundo se mueve... tu mundo se transforma... de un segundo al otro...

Entonces... Si el mismo Amor por su naturaleza es transformador... y el ser humano también... ¿Cómo podría esperar que se pudiesen hacer promesas sobre arenas movedizas?

De hecho, me parece que esa es una de las partes más sublimes y exquisitas del Amor: su Transformabilidad...

Imagínate un Amor inerte... que se queda "igual" por siempre... Creo que sería sumamente aburrido...

Y no me refiero a que no debe haber lineamientos racionales de convivencia o que cada quien cada día pudiese enamorarse de alguien diferente, rumbando (dejando al lado) a la pareja que tiene (aunque creo que es humanamente posible)... Me refiero más al hecho de que saber/sentir que porque alguien me prometió Amor "para siempre" está obligado a cumplirlo, incluso aunque los dos o uno estén muriendo en el intento...

Creo que lo que podría hacer más bien es prometer sinceridad, transparencia y mi mejor esfuerzo... trabajar en aprender a comunicarme bien, a detectar, hablar y buscar resolver los conflictos que pueden ir surgiendo... Aprender a negociar, a ceder, a escuchar con todos los sentidos, a cuidarse y cuidar al otro, y a cuidar el vínculo que forman... A ser honesta en mis ideales, metas, valores, y hacerlos respetar... en escuchar y respetar los del otro... Y a dialogar cuando el Amor se vea/sienta fracturado por algo...

A la honestidad a tiempo de cuando se sienta que el Amor ya no está dando de sí, para dar oportunidad a trabajar en resolver... y si es el caso, saber cerrar, reconocer cuando el camino ya no es por ahí de manera clara, Amorosa y liberadora...

Respetar el camino del otro, su individualidad, y disfrutar como estúpidos adolescentes el compartir la Vida... Reírse como si la vida fuera tan simple que no hubiera más remedio...

Dejar que el Amor escurra, la Magia inunde, el viento acaricie y el tiempo se detenga...

Perderse en la mirada cercana y real del otro... como si fuera el último minuto de Vida... y el primero...

Es QUERER CREER... consciente, libre y responsablemente... a sabiendas de que mañana el camino puede cambiar... pero que HOY lo exprimiste...

No caminar solo... saberte y sentirte en la reciprocidad de este torbellino... porque puedes subirte solo a la montaña rusa, gritar como loco desenfrenado, explotar de adrenalina y terminar el recorrido vomitando, y a la vez sonriente... Pero en el Amor de pareja es indispensable que sean dos...

Dos que, aunque sus vidas no sean "iguales", están dispuestos a compartir el carrito... que aunque al compartirlo pareciera que te queda menos espacio para sentarte, levantar las manos y gritar... te vale un pepino e incluso lo disfrutas más... hasta te encanta sentir cómo se apachurran en las curvas de la montaña por la fuerza centrífuga y centrípeta... y aprovecharse de esas "circunstancias de la vida" dándose algunos besillos rudos porque "¡ups! pasaba yo por aquí y la física me arrojó a tu boca"...

Saber que habrá momentos y juegos a los que tendrán que entrar solos (aparentemente, porque en la piel llevan la esencia del otro) y que también los disfrutarán mucho... y que justo cuando pones el pie de nuevo en el piso, no puedes evitar esas ganas de correr a ver sus ojos de cerquita y compartirle hasta tus ganas de vomitar cuando estabas de cabeza...

Es Amar rendirle cuentas... porque descubres que hay pocas cosas más Mágicas que compartirle tu día... tus ideas, tus sube y baja...

Amor eterno... por siempre... para toda la vida...

Creo que prefiero a alguien que me Ame hoy... que hoy tenga la decisión y la Pasión por compartir conmigo el camino, la vida... sus besos... y que yo sienta la explosión interior y exterior de hacer lo mismo...

Tener visión a futuro en cuestiones como la misión de vida, el camino... saber que eso es racionalmente compatible, negociar, dialogar... Y también tener muy claro que el sentimiento, la emoción, el Amor en sí, es algo que solo se puede cuidar y disfrutar <u>Hoy</u>...

Solo Hoy se puede tener la certeza de un "Te Amo" ...

Creo que el verbo Amar solo se puede conjugar en Pasado y Presente... con palabras, acciones y caricias...

Y... creo que estoy comenzando a Amar el que solo sea así..."

♥ Este fue el primero escrito de más de 100 páginas que he redactado para ti... aunque lo importante de este es que fue el primero que me atreví a compartirte. De hecho, fue el primero que me provocaste escribir...

Recuerdo que cuando te lo leía estaba recargada en tu pierna derecha. Era una noche de octubre... mi mes favorito. Hacía un poco de frío y yo traía puesta una de tus playeras favoritas, roja por cierto... tú escuchabas con atención... así como sueles escuchar a la gente cuando te muestra lo que Ama hacer... con esa mirada de estar conectando... Presente... Cómo Amaba esos momentos de presencia y conexión... Sé que tal vez fueron pocos... pero cómo los Amé... tu mirada, tu respiración, tu voz... tus manos...

...UN TIEMPITO DESPUÉS...

♥ Conversación telefónica después de una buena tarde de cercanía y sudor:

-Creo que debemos dejar de vernos. Porque esto no está bien. Y no es que no me guste, me encanta estar así contigo, pero no está bien.

-A mí no me gustaría dejar de verte, yo sí me estoy enamorando mucho de ti. Sé que me falta conocerte más, pero lo que conozco de ti lo Amo.

-Es que a mí no me gusta esto, no estoy acostumbrado a esto. No sé ni qué es. No somos ni novios ni amigos. Es como una zona gris en la que yo no quiero estar. Así que es necesario decidir en dónde estar: novios o amigos. Y creo que a como están nuestras vidas, no es tiempo de ser novios. Por otro lado, yo tengo la regla de no besar amigas. Así que esto debe dejar de suceder.

- ¿Zona gris? Creí que nos estábamos conociendo para poder decidir qué ser. A mí me gusta mucho pasar tiempo contigo, platicando, tomando una malteada de *Nutella* (crema de avellana) o lo que sea. Y aunque me encantan tus besos y apapachos, podría vivir sin ellos con tal de conocernos más y descubrir qué sigue.

-Pues yo no puedo, no me gusta estar en esa zona gris.

...y así siguió la conversación durante unos 30 minutos más... sin llegar a ningún lado en común. Y fue la última conversación telefónica que tuvimos.

Cuando llegué a mi almohada, no pude dejar de pensar: ¿"Zona Gris"? según yo está muy claro que nos atraemos, que nos admiramos mutuamente, que el tiempo desaparece cuando estamos juntos compartiendo una banca del parque en un pueblo perdido entre la carretera, y que nos encanta la química que surge cuando estamos en cualquier rincón rojo del mundo... ¿Tendría que tener nombre para poder disfrutarlo? ¿Tendría que ser más claro? No es que en este momento pueda afirmar que Lo Amo y quiero pasar mi vida a su lado, pero sí puedo asegurar, como se lo dije, que quiero conocerlo más, porque de la parte que ya conozco de él, estoy perdidamente enamorada...

Algo no me cuadra... no entiendo...

En los años que tengo de dedicarme informal y formalmente al tema de las relaciones de pareja, creo que la pregunta que más me he encontrado que se atraviesa en las relaciones interpersonales es: Tú y yo, ¿qué somos?

En terapia, en conferencias, en el radio, etc. me han preguntado muchas veces acerca de cómo identificar "qué somos". Desde que me inicié como investigadora científica fue de los principales cuestionamientos: cuáles son los factores de una relación de pareja, cómo puede alguien saber si en realidad está enamorado, etc. Con el tiempo me di cuenta de que a esa pregunta le sigue otra que es muy importante también: ¿hacia dónde estamos caminando?

Pero ninguna ocasión de las que me pedían orientación sobre este tema me orilló a un compromiso tan grande como cuando a mí me lo dijeron: "Estamos en una zona gris, no sé qué somos y no estoy cómodo estando ahí, así que con permiso".

...ZAZ....

Así que este libro, aunque presenta algunos fundamentos teóricos, no es un compendio de investigaciones científicas con sus descubrimientos, ni un método infalible para saber cómo tener una buena relación de pareja.

Es un conjunto de boliteorías (es decir, teorías mías, de Bolis) que surgieron a raíz de querer saber cómo contestar la pregunta de "¿qué somos?", sumando a lo que fue sucediendo cuando platicaba estas ideas a otras personas. No vienen fórmulas mágicas, no contiene verdades absolutas, no es una explicación exhaustiva, global ni inmutable de las relaciones de pareja.

Es en sí, la historia de lo que sucedió en mi mente y mis letras mientras trataba de explicarme qué era esa "zona gris" y de saber cómo explicarle a aquella persona de quien me enamoré, en dónde estábamos parados (según yo...).

Estas ideas me han traído claridad, así que desde esa trinchera te comparto este viaje...

PREPARANDO EL TERRENO...

♥ Fue en un lugar fortuito... una invitación a una reunión elegante y filosófica... nos encontramos. Yo solo iba pensando en jugar bien el rol para el que me habían invitado: Mover neuronas para poder tomar algunas decisiones importantes. Noté tu presencia porque llegaste corriendo, fue notoria tu entrada al lugar. En un punto de la reunión dijiste que tenías que retirarte, y acordamos entre todos vernos en una semana. Después rodeaste toda la mesa para llegar a mi lugar a despedirte de mí. No noté nada importante, yo solo estaba concentrada en poder ser de utilidad en la junta laboral y ya, nada extra.

Fin del primer acto...

Nos vimos en una siguiente reunión, ahí ya tuvimos oportunidad de platicar más. Recuerdo uno de los primeros comentarios que me hicieron levantar una ceja en señal de "Ojo, favor de voltear". Me dijiste: "Esta blusa que traes también me gusta".

¿También? yo no recuerdo qué vestía ayer... y tú recuerdas qué traía puesto hace una semana... mmmmmm...

Seguimos platicando por un rato, mientras el resto de la gente llegaba a la junta... aunque confieso que estaba deseando que nadie apareciera... se estaba poniendo muy buena la platiquita. Pero sí llegaron y nos pusimos a hacer lo que correspondía ese día.

Fin del segundo acto...

De ahí pasaron casi dos meses antes de volvernos a encontrar. Algo moviste, no sabía casi nada de ti, ni cuando la Vida nos volvería a reunir, solo sabía que algo había ahí y quería saber qué era... aunque no tenía la menor idea de cómo lo lograría descifrar.

Pasabas seguido por mi cabeza, pero no sabía dónde acomodarte, porque no sabía por qué merodeabas por ahí. No podía decir que me gustabas, que me estaba enamorando o algo así, porque ni te conocía. Pero de que estabas robando mi atención, lo estabas haciendo.

Aquí surgió el primer momento de querer ponerle nombre a lo que estaba viviendo. Algún orden. Y me di cuenta de que antes de pensar en cualquier cosa con otra persona, era necesario voltear a ver mi vida, a verme a mí. Porque según yo, aunque ya tenía casi dos años de haber terminado mi última relación de pareja, que había sido muy tóxica, tenía que revisar cómo estaba "el terreno" para saber si ya era tiempo de que mi corazón comenzara a funcionar de nuevo en ese aspecto.

Casi dos meses, en un 2 de octubre después de traerte en mente casi a diario, iba rumbo al lugar donde nos conocimos. Ya había ido muchas veces en este tiempo, pero nunca te había encontrado, aunque tampoco me había concentrado en ello. Pero ese día, por alguna rara causa, te traía en el pensamiento más que nunca. Iba manejando y le hablé de frente a la vida: A ver, estoy muy intrigada, ¿por qué traigo tanto a José en la mente?, ¿qué me dio?, ¿qué le vi?... No se casi nada de él... solo que lo traigo en mis pensamientos como un péndulo al que no se le atraviesa ninguna fuerza contraria que lo detenga. Tal vez hasta casado está. Entonces, te agradecería que me dieras más información y poder saber por qué está tanto en mi mente. Gracias.

Me bajé del carro, me dirigí hacia la entrada del lugar, y junto al semáforo peatonal que detenía el tráfico para que pudiéramos pasar, vi unos tenis muy chidos. Ahora veo que ese semáforo raramente está en rojo, por ser zona peatonal, pero ese día sé que hizo planes. Detuvo a la multitud para que hubiera ese encuentro. Lo sé.

Eras tú. Ahí parado, con tu sonrisa tan hermosa, de verdad hermosa, de esas que son sinceras, que solo un corazón sereno las puede producir. Si pudiera describir ese momento diría que el mundo dejó de girar, silencio, miradas... luego... no dejabas de hablar, creo que en menos de 5 minutos me contaste que vivías en otro país, que tenías poco aquí, que ibas a viajar al siguiente día y, como respuesta de esas que me da la vida cuando la cuestiono de frente, me dijiste: "Soy divorciado, tengo tantos hijos..." y otras cuantas características de ti... como si me estuvieras leyendo la mente sobre lo que quería saber.

Había viento, y el pelo me empezó a volar rudamente, me reí (como estúpida yo creo, de esas risas que solo brotan cuando estás en shock nervioso bonito) y me dijiste que tenías que agarrar mi pelo, que te encantaba. Entonces me agarraste el pelo... no tengo idea de qué cara habré puesto, porque solo recuerdo que estaba demasiado sorprendida de tantas respuestas.

Me acompañaste a recoger unos boletos que necesitaba, y seguías hablando... algo le hacía tu voz a mi cerebro (creo que lo sigue haciendo)... como que lo desconecta de la sensatez... me hipnotiza... y quiero escucharla más de cerquita...

🧩 La primera persona a la que hay que querer es a mí misma. Y eso no significa que me tenga que volver ególatra o egoísta, sino que tengo que tener una buena cantidad de Amor Propio. Justo lo necesario para poder respetarme y cuidarme. También es necesario revisar que no haya rencores, asuntos sin resolver de relaciones anteriores o cualquier otra cosa que haga que mi vida y/o mi mente no estén al 100 para poder Amar con todo el respeto y cuidado a la otra persona.

Así como cuando voy a sembrar una plantita. Imagina que quiero sembrar un árbol de limón en mi patio. Ahí tengo un espacio muy reducido de tierra y ese espacio está lleno de hierbas e incluso escombros o basura sin limpiar. ¿Qué sucedería si solo trajera mi arbolito y lo pusiera ahí? lo más probable es que nada (a menos que fuera un árbol con demasiaaadas ganas de vivir y con autonomía). Lo que necesito hacer primero es limpiar el terreno y después hacer el pozo lo suficientemente grande como para cubrir la raíz de lo que quiero sembrar. Si fuera una plantita pequeña, no necesitaría un pozo muy grande, porque al ponerla ahí y ponerle tierra encima, desaparecería. Tal vez con el tiempo saldría, pero es probable que muriera asfixiada.

Pero si lo que quiero sembrar es un árbol de limón, necesito hacer un pozo mucho más grande que la raíz. Enterrar suficiente parte del árbol para que pueda tener el espacio bajo tierra perfecto para no caer ante los vientecillos de la vida, sino que se quede ahí, firme, fuerte.

♥ En ese tiempo apareció en mi iPod una canción que alguna vez había escuchado, pero hasta ese momento le puse atención: "Mi persona favorita" (de Río Roma). La parte que más me llamó la atención fue la que dice: "Apareciste justamente cuando ya estaba listo para quererte, qué suerte cómo te fui a encontrar".

¿Acaso habrá momento perfecto para encontrar a ese alguien?, ¿cómo podría reconocerlo? Porque, aunque sé que por parte mía no fue Amor a primera vista, sé que algo sucedió en esas dos veces que nos vimos que alteró mis sesos y me hizo voltear a ver. No sabía si había un "momento perfecto" para encontrar al Amor de mi Vida, pero entonces, como pasó mucho tiempo entre la segunda y tercera vista, tuve oportunidad de pensar en cómo estaba yo para poder recibir a alguien en mi camino.

⬛ ¿Qué necesito ver para saber si tengo suficiente Amor Propio como para ser tierra fértil para comenzar a cultivar un Amor?

Para resolver esta duda he encontrado que la propuesta de Walter Riso en su libro de "Enamórate de ti mismo" me funciona. Dice que para poder tener una buena autoestima hay que tener y cuidar los siguientes "autos":

- Autoconcepto: La definición que tienes de ti mismo, cómo te conceptualizas.

- Autoimagen: Qué tanto te gustas en base a lo que piensas de ti mismo, a la forma en la que te conceptualizas.
- Autorreforzamiento: Qué tanto te das premios y te apapachas.
- Autoeficacia: Qué tanto confías en ti mismo.
- Autorrespeto: Mantenerte fiel a tu Ser y al potencial que tienes.

Plantea que cuando estos elementos están bien, el Yo está sólido y saludable, y eso produce una autoestima buena, que trae consigo muchos beneficios. En el caso de las relaciones interpersonales dice que te ayuda a relacionarte mejor con las personas, ya que desparece el miedo al ridículo y la necesidad de aprobación. Esto no significa que ignores a los demás a la hora de hacer algo, sino que no estás esperando sus aplausos ni sus refuerzos para poder actuar. Por otro lado, también ayuda a poder amar a la pareja y amigos más tranquilamente, ya que se crea menos dependencia y los vínculos se forman más equilibrados e inteligentes, sin miedo a perder a los demás.

Aparte, suma puntos a la independencia y autonomía, se pueden tomar decisiones con más libertad y seguridad, y se tiene confianza en que sabes cómo guiar tu vida.

Con estos tres puntos creo que tengo suficiente material como para saber que antes de comenzar una buena relación de pareja es necesario que le dé una revisada al estatus de mi Amor Propio.

¿Qué pasaría si comienzo una relación de pareja teniendo una mala imagen de mí? Creo que, para empezar, me vería atraída por alguien que piense lo mismo de mí. Entonces quedaría a expensas de alguien que me tratara con desprecio (por valer tan poco), y peor aún, que día a día me reforzara la idea de que en verdad no valgo, y caer en un pozo sin fondo.

Sé que hay casos en que una persona puede ayudar a otra a salir de una mala racha de bajo Amor Propio, pero un probable problema de esto es que puede llevar a crear vínculos de dependencia que luego terminan siendo más dañinos que la baja autoestima. Puedo llegar a creer que sin esa persona "no soy nada", ya que mi Yo está sostenido de sus halagos y refuerzos más que de un verdadero Amor Propio.

Si tengo un alto grado de miedo de perder a los demás debido a que creo que valgo poco y tengo que "hacer mucho" para mantener a los demás cerca de mí, entraré a una relación plagada de celos, persecuciones y asfixia, o de un extremo sufrimiento y buscaré a toda costa que la otra persona me refuerce a cada momento su Amor por mí. Porque si yo creo que no merezco ser amada (ni por mí misma) difícilmente le creeré a otro que me Ama. Entonces estaré pidiendo evidencias de su Amor en cada momento. El problema es que nunca serán suficientes, porque de quien en ese momento necesito sentir el Amor en realidad es de mí misma. Nadie puede cubrir ese vacío sin caer en una relación insana y/o tóxica.

Lo bueno es que hay muchas formas de trabajar para aumentar el Amor Propio, tanto informal como profesionalmente (cuando la situación lo amerita), antes de meternos no solo en relaciones destructivas, sino en tipos de vida destructivos.

Entonces vuelvo a la pregunta: ¿Cómo sé si tengo el suficiente Amor Propio como para poder Amar sanamente? Creo que, aunque no me atrevería a afirmar que hay alguna fórmula mágica o absoluta para contestar esta pregunta, ni la de saber si es el "momento perfecto" para dejarme enamorar, podría proponer analizar mi miedo de perder a los demás, qué tan a gusto me siento con mis momentos de soledad y los de compañía, cuánto creo que valgo, y subrayaría el qué tanto me conozco.

☉ Conocerme para Poder Amarme y Amar

Creo que una de las claves para poder sentir Amor Propio y todos los "autos" es el conocerme. Nadie Ama lo que no conoce (puede gustarme mucho algo, pero hasta que lo conozco en realidad puedo Amarlo). He pensado durante muchos años en qué es lo que necesito conocer de mí misma para poder decir que sí sé quien Soy. Y más allá de llegar a una respuesta "nueva" en el mundo, le he puesto una estructura a lo que he encontrado:

- ¿Cómo Soy?

Mis características, cualidades, dones, gustos, pasiones, lados obscuros, valores, prioridades, desagrados, miedos, sueños. Mi historia de aciertos y errores, cómo conceptualizo la vida, el mundo, a la gente y sobre todo el Amor y las relaciones interpersonales. Mi Filosofía de Vida.

- ¿Cómo me gustaría Ser? y en concreto ¿qué estoy haciendo para lograrlo?

Qué de lo que hoy Soy quisiera modificar para poder pulir más mi autenticidad. Porque en esencia todos somos seres hermosos. Nunca he sabido de un bebé que nazca siendo "mala persona" o desagradable, más bien el ambiente lo va moldeando (incluso desde que está en el vientre) hacia tener cierto carácter, reacciones, etc. Encontrar aquello que no me agrada de mí y trabajar activa y funcionalmente en ello, con herramientas concretas, formales o informales, con las que vaya viendo cambios importantes; me ayudará a aumentar la confianza que tengo en mí y a valorarme más. Implica reconocer aquellas áreas que necesito trabajar, diseñar el plan para modificarlas y andar ese camino.

Hay áreas que me producen desagrado, pero a veces solo es por cuestiones de deseabilidad social o de aprendizajes a lo largo de la vida. Por ejemplo, el cómo debe ser mi físico, qué debo tener, cómo debo actuar para ser siempre una "buena persona" y cosas que a veces, a parte de utópicas, no tienen el valor real que les damos. Así que también es necesario identificar qué tengo aprendido que debo ser o no ser, qué necesito dejar atrás porque me estorba para ver mi valor real.

Por otro lado, también es identificar qué hay en mí que no me agrada y que no es modificable. Trabajar en la aceptación de aquello y luego ir más allá, hasta también Amar esa parte. Por ejemplo, mi historia de vida.

- ¿Qué Amo hacer?

Proyectos, hobbies, misiones/propósitos de vida, en qué actividades me gusta invertir mi tiempo, esfuerzo y dinero, que son mi Pasión de vida, con quién y cómo me gusta pasar mi tiempo, de qué platico.

- ¿En dónde estoy?

Mi realidad de vida, a quiénes tengo a mi alrededor, en dónde vivo, cuál es mi situación familiar, social y económica, en qué trabajo / estudio, qué estoy haciendo en este momento con mi camino, cómo es mi forma de vida (mi día a día).

- ¿A dónde quiero ir? y en concreto ¿qué estoy dispuesto a hacer para llegar ahí?

Qué estoy buscando en la vida, hacia dónde camino a corto, mediano y largo plazo, en dónde me veo en un futuro en las diferentes áreas de mi vida. Y al igual que en el punto de "¿qué Amo hacer?" es tener muy claro qué necesito hacer para lograrlo y avanzar día a día en esa estrategia.

Necesito tener claros todos estos puntos, al menos de una manera general y manejable. Es decir que, aunque no sea una explicación muy elegante, sea clara para mí y me marque la pauta para reconocer mi valor y saber hacia dónde estoy caminando día a día.

En síntesis, si no sé quién soy, dónde estoy y el resto de las cuestiones que me dan mi IDENTIDAD (Ser y Hacer), Amar resulta imposible o tóxico. Porque es como el eterno pleito entre el departamento de ventas y el de producción de cualquier empresa; el vendedor abre mucho la boca en cuanto a los productos que le van a llegar al cliente, y cuando llega la orden a producción se infartan, porque vendió cosas que ni siquiera existen y no son posibles.

Así que si no te conoces es como si fueras por la calle vendiendo un producto que no sabes qué es y para qué sirve, entonces lo malbaratas o lo sobrevaloras (egolatría). Entonces puedes encontrar solo compradores que se guíen por la apariencia del "producto", tal vez solo por la envoltura. También te puedes encontrar a alguien que se quiera aprovechar de tu confusión de Ser y Hacer y moldearte a ti y a tu vida como se le antoje, que generalmente no es a situaciones buenas. Las relaciones sanas, ya sea de amistad o pareja, buscan que el otro sea lo mejor que quiera ser desde toda su autenticidad, no solo lo que le convenga que sea. Nadie que quiera manipular tu identidad puede traer cosas buenas a tu camino.

Si yo no me se valorar, no podré valorar a nadie más, ni como amigo ni como pareja ni como nada. Lo sobrevaloraré y seré su sombra, temerosa a perderlo. O lo subvaloraré y me convertiré en su tirano.

Dicen por ahí que "siempre hay un roto para un descosido", pero en esto de las relaciones interpersonales no se necesitan ni rotos ni descosidos. Se necesitan dos personas completas, que pudieron haberse roto o descosido, pero ya están remendadas (y no con cualquier parche, sino una buena reparación como las que haría mi abuelita Mela, cuidadosa, delicada, y a veces hasta invisible), para poder formar una relación constructiva, sana, de acompañamiento y complicidad de vida.

Entonces, tal como al sembrar un árbol o cualquier plantita se requiere la preparación del área y de la tierra, las personas también necesitamos estar en buenas condiciones, al menos emocionales, para poder cultivar buenas relaciones interpersonales, sin arrastrar a ellas vieja maleza dejada por relaciones fallidas anteriores o crisis de vida.

Los Auténticos Decadentes tienen una canción que se llama "Amor", y dice:

> *"Cansado de buscar, herido en mil fracasos, había decidido caminar en soledad,*
> *sin pena ni pasión, y en eso apareciste, todo cambió.*
> *Me fui acercando a vos, con suma precaución, midiendo cada paso retorcido en mi interior, librándome de miedos y de deudas del ayer, para intentar de nuevo, volver a querer*
> *Me entregué y no me arrepiento, nunca estuve así de contento,*

No dice que se fue y se arrojó al abismo del enamoramiento a lo bestia, dice que fue con precaución, porque primero tenía que limpiar los miedos y deudas que traía cargando. Es entonces cuando puedo hablar del punto justo, tranquilo, cálido, suave e igual de intenso y llenador del alma, porque ya está la tierra fértil para ahora sí, tirarme al vacío a gusto...

Creo que no hay un momento de "perfección" para decir: ya estoy listo. Pero sí sé que en el día a día hay que tener claridad en estos aspectos para poder estar lo más fértil posible, como la tierra, para que la confianza, la seguridad, la ternura, y todos esos elementos necesarios florezcan con naturalidad. Cuando tenga Serenidad en mi corazón cada vez que vaya a dormir, es quizá una buena señal para darme cuenta de la limpieza del terreno. No es que mi vida esté perfecta, pero mínimo que yo me sienta en paz. Ahí es donde se toman las mejores decisiones.

BOLITEORÍA DE LA NARIZ DE MARRANO

♥ Veamos... los títulos de mis diferentes trabajos de investigación científica junto con las 3 cédulas profesionales que me ha dado el grado de *Philosophy Doctor*, dicen que soy experta en relaciones de pareja. Desde 1997 me dedico a estudiar y a entender al ser humano... Algo debo tener en mi *backup* de información que me sirva para poder explicarle a José (y a estas alturas creo que a mí misma también) qué es lo que está sucediendo entre nosotros.

Muero de ganas de que caminemos juntos por la vida, de tener sus besos cerquita y de poder seguir explotando todas las chispas que salen cada vez que nos vemos... así que debo encontrar la forma.

Ya sé, la Boliteoría de la Nariz de Marrano, esa me ha aclarado (y no solo a mí) diferentes situaciones en una relación interpersonal, así que voy a mis apuntes (mentales, porque la tengo bieeeeeeen conocidita).

Porque, según José, nuestras vidas no están suficientemente limpias o acomodadas como para poder comenzar una relación. Incluso me dijo: "A mí me consta que tú estás preparada para volverte a enamorar, pero tus circunstancias de vida todavía tienen mucho camino por andar".

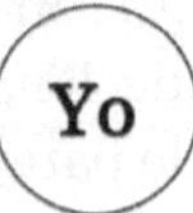 La Boliteoría de la Nariz de Marrano habla de que una relación de pareja (y ahora entiendo que cualquier relación interpersonal) tiene 4 jugadores involucrados: Yo, Tú, Nosotros y el Contexto.

El Yo implica todo lo que soy, lo que amo, lo que me gusta hacer, mis valores, mis defectos, lo que no soporto, las cosas que tengo que resolver, mis problemas, logros, sueños, miedos, pensamientos, emociones, estado de salud, libertad, etc.

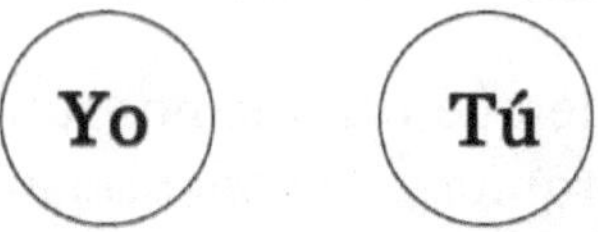

En el "Tú" se incluye lo mismo del "Yo" pero de la otra persona.

El "Nosotros" es aquello que formamos cuando estamos juntos. Implica la forma en la que nos comunicamos, solucionamos problemas, nos divertimos, el respeto que existe, etc. En sí es la forma en que embonamos, lo que Somos. Esa masa extraña, única y auténtica que se forma cuando dos personas cruzan sus vidas.

Este "nosotros" va a delimitar dos vertientes importantes a la hora de establecer qué tipo de relación tenemos. Por un lado, se encuentran las herramientas de interacción, que implica la forma en que se relacionan uno con otro, las habilidades que deben utilizarse. Por ejemplo, si son pareja necesitarán tener una mejor y más estructurada forma de solucionar problemas a que si son colegas de trabajo, o simples conocidos. La habilidad de negociación, la frecuencia y forma de interacciones en el día a día, etc. también forman parte de este elemento, y son diferentes dependiendo del tipo de relación que se tenga.

Por otro lado, está el repertorio de conductas permitidas, deseadas y acordadas. Esto significa que es necesario tener claro la forma de comportarse uno con el otro, desde comportamientos como el grado y tipo de cercanía física, el grado de exclusividad, la forma de hablarse, hasta quién pagará las salidas, etc.

Es indispensable que ambos estén de acuerdo y que tengan la claridad de qué es lo que están formando, el famoso "qué somos" y también el "qué acostumbramos a hacer", entre otras cosas que están implicadas en el formar un Nosotros.

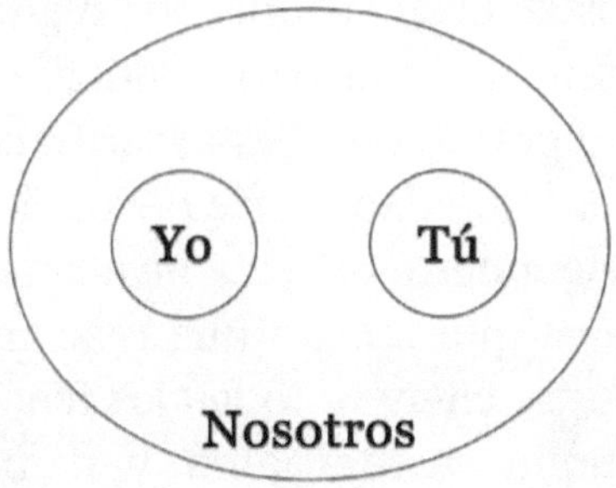

Por último, el Contexto es todo aquello que nos rodea, desde la familia, los amigos, la situación social, económica, nuestros trabajos, responsabilidades, lugar geográfico, hasta el momento histórico en el que se esté viviendo.

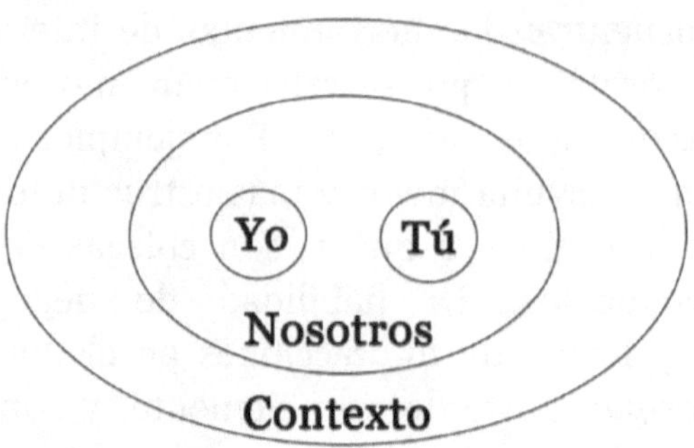

Entonces, con esta Nariz de Marrano puedo describir que en una relación de pareja no solo están implicadas dos personas, sino ellas, el nosotros que forman y el contexto que los rodea.

Aquí cabrían historias como la que dice una canción de Río Roma: "Eres la persona correcta en el momento equivocado., pero también eres lo más bonito que me ha pasado..." Esto no significa que ya nunca jamás va a suceder la relación, sobre todo si ambos vieron que había una buena afinidad, pero sí significa que este no es el momento de intentar una relación de pareja. Por ejemplo, alguien que está en crisis existencial, o que por alguna situación en particular no tiene tiempo para cuidar lo suficiente una relación. El no tener trabajo, el estar terminando de estudiar una carrera, la enfermedad fuerte de alguien cercano (o de uno de los dos), la muerte reciente de alguien muy allegado, de esas que hacen que tengan que reacomodar ideas y la vida. En fin, aquí se cuentan todos los fenómenos sociales, culturales, económicos, de salud y demás que se ven implicados en el contexto y que de una manera u otra influyen en las personas o la relación.

Por ejemplo, si estoy en medio de una guerra civil, no va a ser sencillo poder llevar una relación de pareja tranquila, y no es por la relación en sí, ni por uno ni por otro, más bien es por lo que la rodea y que no tiene remedio en nuestras manos.

♥ Creo que esta teoría no es suficiente. José y yo sabemos que nos encantamos, porque es algo que solemos decirnos desde que nos encontramos, que nos gusta mucho pasar el tiempo juntos, nos extrañamos cuando no nos vemos. Recuerdo tan bien esa vez que, después de 7 meses de no habernos visto, nos encontramos, y fue como dos imanes con polos opuestos de frente... aunque el acercamiento fue lento, como si estuviera llegando a un lugar conocido pero nuevo, y solo nos besamos.... aaaaahhhh lo recuerdo y suspiro... después de tanto traerlo en mente, ahora podía sentirlo en la piel...

Nos decíamos al oído que nos habíamos extrañado. Le dije que hace 7 meses que no nos veíamos. Me respondió: "a mí me parecieron mil años"... y me derretí... pensé que a partir de ahí nunca nos separaríamos más... al menos ese día yo no quería salirme de sus brazos ni un segundo...

Platicamos un poco, y nos dimos cuenta que ambos teníamos situaciones de vida (contextos) que no nos permitirían tener una relación de pareja tranquila. Estábamos parados en un punto del camino donde teníamos decisiones importantes que determinarían hacia dónde seguiría la vida... Pero para mí esta teoría no era suficiente para dar una explicación de lo que siento por él, de lo que creo que somos, y de cómo creo que el contexto lo podemos agarrar y adaptar.

...seguiré pensando...

¿CÓMO TE ENCONTRÉ?

♥ Me empecé a sentir enamorada en aquella ocasión del semáforo. Conforme fuimos compartiendo más conversaciones, perdí los sesos por ti. Me dijiste que eras mi Fan y me diste tu teléfono cuando solo te había pedido tu página de Internet para conocer más de lo que hacías, porque vi que podríamos hacer algún buen "match" en nuestro quehacer de vida.

Lo primero que me atrajo fue tu intensidad, tu sonrisa, la pasión de vida que emana por cada milímetro cuadrado de tu ser. Tu energía tan llena de color, tu autenticidad, y sí, tus tenis rojos. Siempre he querido tener unos tenis rojos, pero la única marca de tenis que me gusta cree que el color rojo es solo para los tenis de hombre, para las mujeres los más cercanos son de color rosa.

Tu espíritu aventurero, soñador y aterrizador de sueños, tu Amor y servicio por la humanidad...

Entre más compartía pláticas y tiempo contigo, más me encantabas... creo que cada vez que coincidíamos, tres más de mis neuronas se enamoraban de ti... Escuchar tus aventuras, pasadas, presentes y futuras... tu forma de concebir la vida, de respetarla, de capturarla en imágenes... de transformarla...

Tu mirada cada vez que se te ocurre una idea o está creando algo... te brilla la cara...

Tu mirada en el silencio... de cerquita... cerquititita... con los ojos cerrados...

Lo que provocabas en mí cuando estaba a tu lado, cuando sentía que nuestras vidas se cruzaban... sentía que la vida a tu lado era diferente, aunque yo estuviera viviendo en el mismo planeta Tierra... simplemente era diferente...

El aire se sentía más ligero...

Como que algo en mi interior (un montón de "señales" según yo), me hacía sentir que podríamos ser una pareja genial... que contigo podría... no sé... compartir la vida.

Cuando me diste un besillo tierno a cambio de una tortilla recién hecha, me conectó con el futuro a tu lado... aunque no se compara con lo que sucedió en mi mente cuando tus manos rodearon mi cintura la primera vez...

En este punto solo pensaba que éramos igual de extraños, de auténticos de amantes de la vida... probablemente la vida nos había ido moldeando el uno para el otro...

◆ "Todos los hombres son iguales" (aplica a las mujeres también)...

Creo que he escuchado esa frase tantas veces, que me ha dado una gran curiosidad saber qué hay en la mente de quienes tienen esa idea, para saber:

a) cómo es que conocen a todos los hombres (mujeres) del mundo, y

b) cuáles son sus criterios de evaluación para poder decir que todos son iguales.

¿Acaso hablan de la dignidad? porque si es así, coincido completamente con ellos en que todos los seres humanos somos exactamente iguales. Pero fuera de eso, creo que incluso los hermanos gemelos que viven una vida juntos, son diferentes. Y no diferencias sutiles, creo que son grandes.

Entonces, cómo sé qué es imposible que conozcan a todos los hombres (mujeres) del mundo, me voy a enfocar en saber cómo alguien puede llegar a percibir que todas las personas de un género son exactamente iguales.

Creo que más bien si pudiera pulir esa afirmación para que fuera real, la pondría de la siguiente manera:

"Cuando escojo pareja me dedico a buscar aquellos que tengan la patología que embone con mis necesidades retorcidas insatisfechas o los problemas sin resolver que tengo". Es decir, no es que sean "todos iguales", sino que los escojo iguales, ya sea consciente o inconscientemente.

Esto ya me parece más acertado a la realidad, y aplica para aquellas personas que creen que todas las personas del género que quieren de pareja son iguales.

Entonces me adentraré a una de las ideas centrales en el tema de relaciones interpersonales: la Elección.

"Los verdaderos amigos se cuentan con los dedos de las manos, y sobran" o cualquier otra frase que implique que estoy evaluando a todas las personas del mundo (en esta estoy diciendo que hay menos de 10 personas en el mundo que pueden ejercer una verdadera amistad) lo único que hacen es que me alejan de poder conocer a las personas con el mínimo de filtros puestos.

Cuando conozco a alguien es inevitable que mi cerebro busque información que pueda serle útil para evaluar a esa persona que tengo enfrente. ¿Te ha tocado conocer a alguien que solo por el hecho de parecerse físicamente a alguien que te cae muy mal, ya te cae mal? Esto es debido a que la información que tiene el cerebro almacenado que puede relacionar a esa persona, tiene una emoción desagradable ligada. Y como una de las funciones principales del cerebro es la de la supervivencia, entonces rápidamente saca a flote aquello que te desagradó en algún momento para que no vayas a "sufrir" nuevamente. Es como un agente protector.

Pero entonces, si el cerebro funciona así, ¿por qué no me avisa cuando veo que tengo a alguien cerca que es igualito a mi ex (tiene rasgos deególatra, no tiene aspiraciones en la vida, solo sabe chupar energía de los demás, etc.) para no acercarme y termino volviendo a enamorarme y salir lastimada?

Bueno, porque, aunque el cerebro ya tiene muy claro qué rasgos te desagradan o dañan de otras personas, hay una especie de filtro que te está impidiendo ver aquello que te desagrada en esta nueva persona: problemas sin resolver.

Sé que es muy probable que todos tengamos problemas que resolver durante toda la vida, pero hay algunos que por su alto grado de dificultad o porque no sabemos que los tenemos, bloquean nuestra forma de percibir las cosas.

Por ejemplo, aquella persona que una y otra vez se enamora de alguien con adicción al alcohol (y eso le causa problemas). No significa que a fuerza se busque una persona alcohólica porque disfruta sufrir, sino que hay algo que tiene sin resolver, como un alto instinto de ser "salvadora" de los demás, que la hace volver y volver al lado de alguien que "necesite de su ayuda para sobrevivir".

Un deseo excesivo de sentirse útil, las ganas de ser superhéroe, la necesidad de reconocimiento, etc. serán más fácil de saciar si estoy al lado de una persona que tiene conflictos "más difíciles" que los míos. Entonces termino con alguien con una vida llena de problemas. Así los míos podrían camuflarse, parecer más pequeños. Incluso tan insignificantes que no tendría que preocuparme de arreglarlos, porque "¡para problemas los de mi pareja!". Así que puedo pasar tranquilamente como persona "feliz" a su lado. Que me admire, que me necesite.

Más o menos así es como se escoge pareja de manera tóxica, cuando lo que buscamos es llenar vacíos que tenemos, que en realidad solo podrían llenarse con Amor Propio y tomando las riendas de mi vida en mis manos. Y por eso termino encontrando personas que sean "iguales". Luego dentro de mi decepción, me vendo y compro el cuento de que "todos son iguales", siendo que lo que en realidad está pasando es que los estoy escogiendo igual.

Aquí podría agregar que no todo depende de la persona que "escoja" para ser mi pareja, sino también de la relación que voy construyendo. Porque sí, a veces puede ser una persona completamente diferente a mi pareja anterior, pero con los malos hábitos que puedo tener aprendidos, termino creando una relación de pareja igualita a la anterior (dependiente, indiferente, etc.), pero esa es otro capítulo.

Entonces, tratando de poner estas ideas en letras más digeribles creé esta Fórmula de la Elección:

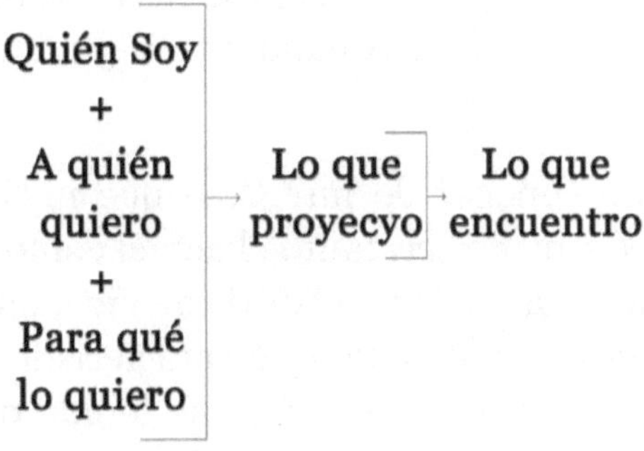

⊙ Ser, Estar, Hacer.

Sé que desde los anales de la historia la humanidad se ha hecho la pregunta "¿Quién Soy?, y que desde filósofos reconocidos hasta la gente común quisieran poderle dar una respuesta fácil. Aunque a veces pienso que sí debería ser fácil, se torna compleja al agregarle la deseabilidad social (lo que se supone que la sociedad quiere), lo que creo que debería de ser y demás concepciones que, si no las sé manejar, puede hacer que mi identidad, mi yo, se pierda entre todo eso y me resulte difícil saber quién soy. Gráficamente se podría representar así.

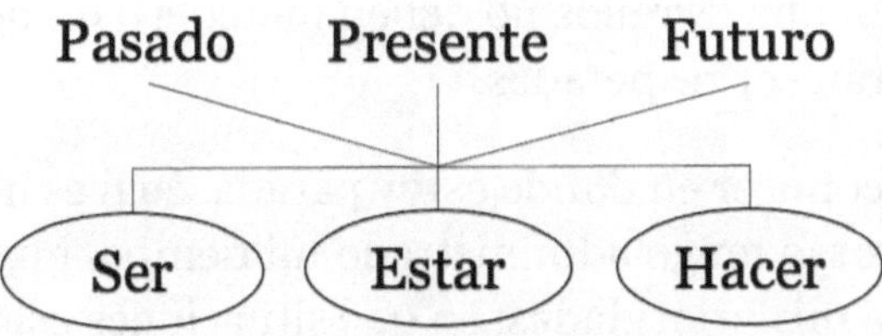

Creo que para poder tener una buena relación cercana con alguien es necesario presentarse de la manera más auténtica posible. Para lograr eso, es necesario que con la primera persona que sea transparente sea yo misma. Una de las principales razones para conocerme es la de poder tener el suficiente Amor Propio para ser esa tierra fértil para poder comenzar una relación, Amándome y pudiendo Amar a otros.

¿Qué necesito conocer de mí? Creo que iniciaría con mi carácter, mi forma de ser, tanto el actual como el histórico. Quién he sido a través de mi historia de Vida, qué heridas he cargado, cuáles han sanado, qué características bellas me encantan de quién he sido, cuáles he tenido que cambiar. También conocer cómo me gustaría ser. Este "cómo me gustaría ser" no se refiere a mi yo utópico que creo que debo ser, sino uno real y en el cual estoy trabajando. Por ejemplo, si sé que actualmente no soy buena manejando mis emociones y mi ideal es saber hacerlo, hoy mismo comienzo a trabajar en ello. Trabajo día a día (sin que se torne obsesión dañina) en ser quien quiero ser hoy, para poder tener la confianza y el Amor Propio indispensable.

Además, es indispensable tener muy claro mi "lado obscuro"; mis miedos, mis puntos flacos, mis debilidades, aquello que no soporto ni en pintura. Por un lado, para saber qué necesito trabajar de mí antes de ir a "postularme" como candidato a una relación amorosa; por otro lado, para poder presentar las cuentas claras de cuáles cayos no deben ser pisados, en qué terrenos no deben meterse o las debilidades que deberán ser respetadas.

Necesito conocer en dónde estoy parada, cuál es mi realidad de vida; cómo tengo administrado mi tiempo, mis recursos, cuáles son mis prioridades, en qué situaciones estoy metida, si actualmente estoy pasando por alguna situación crítica, etc. En síntesis, mi modo de vida actual, lo que Amo hacer y me apasiona. También es importante conocer de dónde vengo, qué camino he recorrido, en dónde he estado, porque eso marca de manera importante mi presente y mi futuro. Aunado a esto, también es necesario saber hacia dónde voy caminando y qué estoy haciendo para avanzar hacia allá. Cuáles son mis sueños, mis metas, el plan de vida que tengo pensado recorrer, tanto en lo inmediato como a lo largo de la vida. Si mi máximo de vida sería vivir en un pueblo alejado de la civilización y dedicarme a estar sentada en una mecedora todas las tardes, sin prisas ni tumultos, o si más bien quiero una vida de aventuras, viajando por todos lados, sin echar raíces en algún lugar en específico, más bien el mundo entero.

Por último, necesito tener claridad en qué me gusta hacer, mis pasiones de Vida, mis hobbies, qué es aquello que puedo estar haciendo y que el mundo se detiene mientras estoy en ese canal. También aquello que me toca hacer y que no me gusta tanto, pero no hay forma de escaparme de eso. Como esa parte de la vida que hay que tomársela como cápsula, por ejemplo algún procedimiento médico o legal que hay que mencionar, o alguna actividad que es impuesta por alguno de los roles de mi Vida. Sumado a aquello que me ha gustado hacer o he tenido que hacer, y aquello que anhelo venga más adelante en mi lista de actividades.

◉ ¿A quién quiero a mi lado?

Creo que desde que estaba en el kinder, entre los cuentos infantiles, caricaturas, personas a mi alrededor, conscientes o no de ello, me empezaron a dar la idea de cómo debería ser la persona que "debería" de tener de pareja.

Esto es bastante normal y válido, ya que como ser social ésta es la forma en que he aprendido una gran cantidad de cosas.

El problema aparece cuando llega la hora de elegir una pareja, si me dejo llevar por esos estereotipos sin pensarlos o contradecirlos en lo más mínimo. Porque aquí es donde puedo heredar errores de anteriores generaciones o repetir errores de otras personas.

Por ejemplo, si he visto parejas que viven en constante violencia o indiferencia, aunque yo haya visto que eso implica una vida de estar sufriendo, hay una alta probabilidad de que yo elija una pareja con quien tener ese tipo de vida, ya que es lo que conozco. Es mi zona de confort estar en un lugar así. El cerebro busca tener una "estabilidad", estar en algún lugar que no le produzca mucho uso de energía para aprender a actuar y/o pensar de forma diferente.

Después de pensar durante muchos años, leer, escuchar y vivir, llegué a la idea que después del Amor Propio, el segundo paso para vivir una pareja constructiva y sana es elegir adecuadamente a la persona con la que quiero emprender esta aventura.

Entonces, ¿cómo elijo pareja?

He escuchado a personas que me platican sus historias de vida, de amores fallidos y atinados, y aunque a veces cuando se está adentro no se puede llegar a observarlo; cuando de afuera veo la historia de alguien, muchas veces puedo reconocer patrones que tienen sobre su forma de elegir pareja.

Como en casi todo, hay formas de elegir pareja que traen resultados agradables y otros desagradables. La forma en que selecciono a una persona para ser pareja se basa entre otras cosas, en los patrones que tengo, es decir, aquellos modelos que he visto, vivido o que me han platicado, ya sea en la vida real, en algún libro, película, etc.

Conforme voy viviendo voy recolectando datos de cómo "debe" ser una persona que debería querer como pareja. Si no me doy el tiempo de analizar esos factores que voy echando a mi mochila de los deseos, puedo terminar formándome un patrón de pareja inexistente, tóxico o mediocre. En este apartado voy a describir algunos ejemplos de prototipos que pueden llevar a relaciones de pareja no constructivas, aunque sean cómodas, por ser "normales" en mi ambiente. Más adelante describiré los aspectos que creo que pueden ser más sanos y constructivos.

Un primer prototipo es el príncipe azul o princesa rosa. Es un espécimen utópico e inexistente (príncipe "estable", que cumple las "reglas de belleza" a la perfección, sumiso(a), cariñoso(a), buen amante, etc.). Cuando se tiene este prototipo se buscan personas que muy probablemente son falsas con tal de cubrir esos parámetros utópicos. Mientras no aterrice a cosas realistas, me seguiré decepcionando porque nadie logra cumplir todos los "requisitos". Voy a querer forzar a personas a que embonen en mi idea, desgastándolos y lastimándolos. O también puedo simplemente quedarme sola, por buscar algo que no existe.

Como dice la canción de Ricardo Arjona, "Ayúdame Freud":

> *"Me la construyeron puritana e inteligente, buena para la cocina y muy decente, tan irreal que existiría en mi mente y nada más, pero insisto en compararla con ella. Si usa la falda muy corta, habrá problema, porque la chica en mi cabeza es de otro esquema. [...] Será que la mujer que me construyó mamá es de muy grande estatura".*

El tener un prototipo demasiado "alto" o perfecto solo lleva a la imposibilidad de encontrarlo, y en consecuencia vivir en la frustración, sin poder aprender el valor de las personas que se tienen cerca en la vida real.

También hay prototipos dañinos que se han ido aprendiendo, sobre todo en los ejemplos más cercanos, como la violencia, agresión, indiferencia, que no las puedo reconocer porque las he vivido como una "regla normal" (y a veces hasta indispensable) para una relación de pareja. En estos casos no siempre es que crea que la pareja tiene que ser agresiva para ser ideal, pero en alguna parte de mí está "escrito" que ese tipo de trato es válido, ya sea que lo haga yo o la otra persona. Incluso se puede llegar a creer que si no existe este tipo de conductas, la relación es "aburrida" o que le falta acción. Aprendí, erróneamente, que es válido maltratar a las personas mientras lo "equilibre" con muestras de Amor, que todo está bien. Ideas como "te pego porque te quiero", "todos los hombres son así de agresivos", "déjala, está enojada, por eso te habla así", "que al cabo mañana se le pasa y te habla bien o hasta te trae un buen regalo", hacen que se permitan maltratos.

Incluso si se ha vivido en ambientes donde se presenció un alto grado de violencia y agresividad, se puede llegar a creer que sí es indispensable para una relación de pareja. "Si a mi mamá le pegan (emocional o físicamente) y sigue ahí, significa que a mí me deben pegar, porque como quiera me aman.". Hay un desconocimiento e incomodidad de estar con una persona pacífica o serena.

He escuchado en incontables ocasiones que la gente dice que los hijos de padres divorciados están destinados a hacer lo mismo. Qué gran mentira vive ahí, aunque es probable que sea verdad estadística, le depositan la causa a algo que es solo una circunstancia. Es decir, que el "problema" no es el divorcio o la separación en sí, sino lo que se ha aprendido de la situación. Por ejemplo, se puede aprender la no tolerancia, el odio, el resentimiento, el nunca dejar el pasado atrás. Elementos muy dañinos para una relación de pareja, pero si se aprendieron bien, probablemente es lo que, de forma no muy consciente, se va a buscar. Se puede también aprender la idea de que es mejor "solo que mal acompañado", y evitar buscar o involucrarse en una relación de pareja, es decir, creer que cualquier persona podría ser una "mala compañía".

También existe el caso de personas que son hijos de padres que no se separan, pero viven juntos "tormentosamente". Pareciera inofensiva la idea de "aguantar" con tal de que los hijos crezcan junto con sus dos padres "unidos" (aunque estén casi muertos en vida), pero se aprende que esa es la manera en la que las personas se deben tratar cuando se aman. Por ejemplo, con golpes, gritos, indiferencias. Llega incluso a haber una incapacidad de reconocer lo que es una clara agresión, un comentario hiriente; solo se sienten mal, pero como han visto que eso es lo "normal", lo aguantan. Entonces se eligen parejas que tengan estos rasgos de agresividad, violencia, etc. porque es con lo que se sienten "como en casa", a gusto, incluso cuando ya se ha logrado reconocer que es dañino. En esto ahondaré en otro libro, pero no sobra subrayar que este tipo de patrones puede ser mortal, emocional y físicamente.

También la persona que no tiene ningún prototipo en mente puede llevarse sorpresas. He escuchado que me dicen: "yo no tengo expectativas, mejor dejo que la vida me sorprenda". Igual que el resto de las formas de elección, no es que esté mal, sino que necesito tener claro qué es probable que encuentre si voy en ese camino. Es decir, si no tengo idea qué tipo de persona me gustaría tener a mi lado, probablemente encuentre cualquier cosa. Con esto no me refiero a que las personas pueden ser "cualquier cosa" (cosificándolos) sino que puedo encontrarme con todo tipo de personas, que incluso no sean compatibles con quien soy, pero como quiero "dejarme sorprender" y yo "fluyo con la vida" (fanáticamente utilizadas estas ideas) me encuentro con personas que no tienen ganas de tener pareja, que no les importa mucho la vida, o cualquier cosa que no me dé aquello que potencialice mi ser y yo el suyo. Nos "conformaríamos" y ya...

No anulo la posibilidad de que en ese estado también me puedo encontrar con alguien muy genial, que le guste la vida simple y vivir felices, pero lo menciono porque luego la gente se queja de no encontrar "algo bueno", pero vive desconociendo sus expectativas entonces nada les satisface, por no saber ni qué necesitan.

Otra forma de elegir erróneamente (aunque esto es solo una especie de filtro, que es manejable si se tiene consciente) es dejándome llevar por una sola característica que es mi debilidad. No significa que si me encanta algo esté mal buscar a una persona que la tenga, lo que aquí puede complicar la existencia es que solo tome en cuenta esa característica (o grupo pequeño de características) para elegir a alguien como pareja. Por ejemplo, hay quienes sienten una fuerte debilidad por alguna característica física en especial (los ojos claros, los brazos fuertes, el pelo chino), puede ser alguna característica intelectual (que parezca la persona más sabia del mundo, que no le guste complicarse la existencia) o emocional (súper tierno, detallista, abrazador), alguna cualidad moral (que sea de tal o cual religión, que tenga un gran sentido de la responsabilidad con la humanidad), incluso alguna profesión en particular, alguna nacionalidad, que le guste algún tipo de música en especial o que sea fanático de algún equipo de futbol americano.

No significa que esté "mal" dejarse guiar por este tipo de gustos, sino que es indispensable tener muy clara esta especie de "debilidad" para no dejarnos llevar solo por eso. Es decir, que es válido que yo espere que la persona de quien me enamore le vaya al mismo equipo que yo o le gusten los mismos conciertos que a mí, el problema está cuando solo con tener esa cualidad me hace sentir que estoy perdidamente enamorada, y que por ello ya podríamos ser una buena pareja. Si tengo claras esas características que hacen que una persona para mí sea irresistible, será más sencillo que no me deje llevar tan fácilmente sin observar el resto de las características de esa persona. Quizá me guste mucho que un hombre Ame bailar tango, porque a mí me encanta, pero que solo porque Ame bailarlo decida casarme con él, tendría más probabilidad de formar una relación fallida, debido a que no observé (o no quise observar) todas las demás características de esa persona.

El caso es que es importante darme un buen paseo por mí misma, para ver qué necesidades tengo, cuáles puedo satisfacer en una vida de pareja sana, y cuáles en otras áreas de mi vida, como con una buena psicoterapia, un trabajo satisfactorio, un propósito o misión de vida claros, Amor Propio, amistades cercanas, etc. Implica confrontarme con mi Ser, estar bien en contacto conmigo, para ser lo más realista, para poder diferenciar entre fantasías utópicas, necesidades por situaciones no resueltas y verdaderos elementos de compatibilidad.

◉ ¿Para qué lo quiero a mi lado?

Si estoy buscando un hombre que Ame bailar tango para entrar a un concurso de baile, ahí sí sería una buena elección. Porque no lo quiero para nada más que para lo que con esa cualidad resulta funcional y satisfactoria para el tipo de relación que estoy buscando ("colegas" de baile) Entonces es necesario saber a quién quiero y para qué lo quiero a mi lado.

Esto significa que yo debo tener claro para qué estoy buscando a esa persona que quiero encontrar. Por ejemplo, si por el momento no puedo tener una relación de pareja por alguna situación de vida, pero quiero tener personas cerca con quien compartir el camino y que se vuelvan muy amigos, será necesario tener (y dejar claro) que no se está buscando una relación de pareja formal. O si una persona que conocí me atrae mucho físicamente, pero nada más, es necesario ser claros y lograr ese acuerdo necesario ya sea para quedarse juntos porque encontraron más elementos que los unían, para quedar en amistad o cualquier otro tipo de relación.

Necesito saber si estoy buscando amigos, pareja, colegas, ídolos, fans, amigos con derecho, etc. para poder dejar claras las cuentas desde el principio, sobre todo para saber si ambas personas estamos buscando lo mismo o vamos, desde el inicio, caminando hacia un tipo de relación diferente.

Esto no significa que si al inicio decidieron ser solo amigos y la relación avanzó, dándose cuenta de que pudieron formar lazos que los podrían llevar a ser una buena pareja, vayan a "tener que quedarse" como amigos solo porque ya lo tenían decidido. Lo que sí es que ambos necesitan tener la comunicación clara y el acuerdo para "avanzar" del punto del mapa de amigos al de pareja. Cuando se quiere hacer lo contrario, y cambiar de ser pareja a ser amigos, conocidos o algo diferente, con que uno se quiera "bajar del barco" será suficiente para que esa relación cambie de tipo.

⊚ La fórmula del encuentro.

Partiré de algo: no solo escojo pareja, sino que también me escogen. Entonces para poder entender mejor este baile, describí en una fórmula algunos elementos que creo que pueden servir para entenderlo mejor. No es que crea que existe una receta secreta para elegir pareja, más bien creo que cada persona debe tener muy claro qué es lo que está eligiendo y para qué. Busqué una forma de sintetizarlo con palabras claves, y quedó de la siguiente manera:

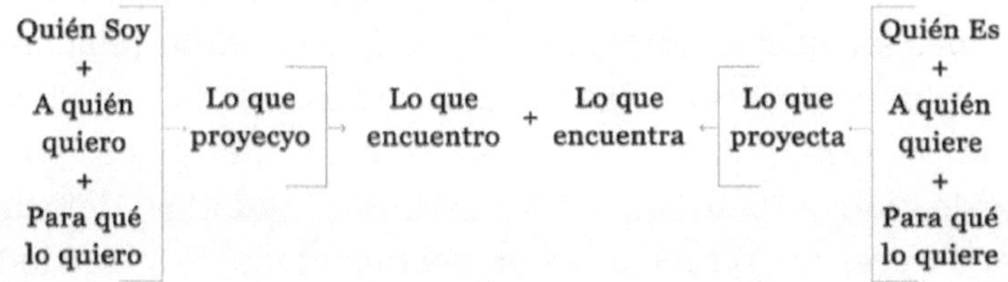

Porque si yo tengo muy claro estos 3 primeros elementos de la fórmula, podré proyectar lo que necesito para encontrarme con aquella persona con quien quisiera formar la relación que me gustaría tener. Independientemente de cuál sea, pero poder lograrla con conciencia.

Hay quienes me dicen: "Bolis, he andado en todos los antros de la ciudad, buscando a mi pareja ideal, pero me encuentro solamente con personas alcoholizadas, que solo les interesa tener compañía de una noche. Creo que todos son iguales". No es que piense que todas las personas que van a los antros es para alcoholizarse y buscar parejas de una noche, pero es importante tomar conciencia de qué tipo de personas o con qué intenciones van a los lugares que frecuentamos.

Aquí la idea es llegar a darse cuenta que no es que "todos (o todas) sean iguales", más bien es tomar la responsabilidad de que a todos me los he encontrado igual, porque he buscado lo mismo, en lugares similares, y peor aún, proyectando exactamente lo mismo. Con proyección me refiero a la forma en que me doy a conocer, es decir, qué le muestro a los demás de mí, tanto en general (como la imagen pública que tengo en redes, formas de vestir, etc.) hasta el cómo me doy a conocer en lo particular a las personas cercanas. Es importante tener claro que entre más transparente me muestro, es más factible que me encuentre con personas transparentes, auténticas, que saben quién soy.

Si yo no sé quién soy, es probable que proyecte una imagen errónea hacia el exterior, y me sea difícil entablar relaciones interpersonales cercanas auténticas. El cómo me doy a conocer también es clave, ya que si me gusta andar alardeando y "ventilando" todas mis cualidades, defectos, etc. parecerá más bien una imagen inventada. Por otro lado, si gusto de ocultar todo lo que soy, porque estoy esperando que los demás lo "descubran", también hay interferencia en la forma en la que me puedo relacionar con los demás. Una falsa modestia en donde no quiero que los demás sepan mis virtudes o también ocultar mis fallos es de igual manera, querer mostrar alguien que no soy.

De todas formas, cada quien va a decidir qué quiere mostrar de sí mismo, con la conciencia y la responsabilidad de que dependiendo de cómo se muestre al mundo será la respuesta que obtenga, la gente que conozca y la forma en la que lo haga. Y que muy probablemente será recíproco el grado de apertura que muestre con las personas al que obtenga de ellas.

Hay casos en que las personas que son demasiado transparentes pueden ser víctimas de abusadores o manipuladores (como en las relaciones interpersonales con personas psicópatas o narcisistas). Esto no significa que no hay que serlo, sino que hay que también tener cierto cuidado racional (no paranoico o hipervigilante) de con quiénes poder ser transparente y hasta qué grado. Un indicador que puede tomarse en cuenta aquí es el que la otra persona también muestre apertura y no solo interés en que yo muestre todo lo que soy y hago. Aunque se siente muy bien ese interés por mí, es importante poder ver la reciprocidad.

Por ejemplo, vamos a la imagen que se da en las redes sociales virtuales. Ahí se puede encontrar una gran variedad de elementos que la gente "valora". Lo entrecomillo porque a veces solo se presenta lo que "creo que debería ser valorado" en una persona. Como aquel que solo sube fotos haciendo desmadre en fiestas, venerando al alcohol o a otra cosa considerada vicio, de esas que se usan a veces solo para aparentar ser "*cool*", rudo o divertido. Quienes vean esas fotos van a crearse una imagen de esa persona, y solo atraerá al tipo de gente que, consciente o inconscientemente, sean similares o les guste tratar rudamente a las personas o solo divertirse con ellas.

No digo que sea "malo" dar una apariencia, o proyectar una imagen de aquello que eres, solo propongo que al hacer conciencia de qué estoy proyectando podré entender por qué atraigo al tipo de persona que se acerca.

Si proyecto ser una persona fácil, atraeré a personas que no les gusta hacer esfuerzos para nada. Si proyecto andar buscando un cuento de hadas, hasta puedo atraer a algún psicópata, y terminar peor que intoxicado. Otro claro ejemplo es la desesperación por encontrar pareja. Esa parece que se huele a kilómetros. ¿Has conocido a alguien que está desesperado por encontrar pareja? ¿Qué tipo de personas crees que atraiga en este estado?

La desesperación por encontrar pareja vuelve a las personas como una especie de gelatina temblorosa ansiosa que solo puede atraer a otra gelatina temblorosa o a algún oportunista que no tenga la intensión de poner esfuerzo en construir una relación de pareja sana.

Por otro lado, si estás tranquilo contigo mismo, tienes paz en el corazón, y la pasión por vivir, es más probable que alguien que esté en esa misma sintonía (que puede ser una muy buena para construir una relación sana) se vea atraído. Es más, ninguno de los dos tendría que hacer mucho esfuerzo como para conquistarse, sería más bien como una reacción natural de atracción de aquello que está en el mismo camino.

Entonces, ningún estado es "erróneo" para encontrar a una potencial pareja, lo que es necesario es hacer consciente en qué estado estoy y si es el que va a llevarme a encontrar la persona que quiero para tener la relación que me gustaría. Si la respuesta es Sí, genial, adelante... si la respuesta es No, es indispensable hacer un alto para conectarme con la persona que soy, caminar hacia donde necesito, para encontrar un estado óptimo que propicie el encuentro que será el comienzo de lo que estoy buscando.

Hay personas que solo están buscando un *"free"* (cercanía física sin ningún otro tipo de conexión), por gusto o por situaciones no resueltas que trae del pasado, miedos, etc. También se puede estar buscando una buena amistad (cercanía emocional, mas ningún compromiso o atracción física), un colega profesional, tener buenos amigos con algunos beneficios de cercanía sexual, pero nada más; alguna persona que sea presumible, como de exhibición, pero que no me interese ser emocionalmente cercano, o tal vez hay quienes buscan un cómplice para caminar la vida, teniendo de todo en esa relación que los lleve a ser una pareja completa. Entre estos tipos de interacción hay una infinidad de espacios, pero ya lo explicaré en el siguiente capítulo. La idea es que antes de encontrarme con ese alguien que ya pensé que quiero a mi lado, necesito saber para qué tipo de relación lo estoy buscando. Esto para poder presentarme, mínimamente conmigo misma, con toda la honestidad posible.

Sé que no puedo ir literalmente con un letrero que diga: "Soy así, quiero exactamente esto, para esto", pero en realidad así sucede, implícita y explícitamente. Entonces es mejor que lo tenga claro yo misma, para ir caminando por la vida con el letrero de lo que en verdad quiero tener. Todo habla de quién soy y qué busco, lo quiera o no. Mis perfiles y publicaciones en redes sociales, mi trabajo, mis hobbies, mi forma de vestir… todo… Así que es mejor tenerlo claro antes de andar atrayendo personas y relaciones que no me interesan o no me hacen bien, por no haber trabajado lo suficiente conmigo, mis carencias, creencias, necesidades, gustos, dones, etc.

Y sí, hay veces que si se encuentran por razones "erróneas", hay posibilidad de trabajarlo a ser una relación sana, pero subrayo TRABAJARLO, y es de ambas partes.

◎ Los principales desaciertos durante el tiempo de encontrar.

Cuando digo que no conozco la fórmula perfecta para encontrar y seleccionar a la persona idónea para que forme conmigo la relación que los dos queremos, es porque cada quien va a decidirlo, según la mezcla que realice en la fórmula del encuentro. Ya mencioné algunas de las situaciones que me pueden llevar a involucrarme en relaciones que no quiero (al menos conscientemente), que me dañan o que no existen (cuando fantaseo que el otro está en el mapa). A continuación, voy a enlistar en síntesis algunos otros, por llamarlos de alguna manera, errores a la hora de no tener pareja, y que según yo, estoy "disponible" para encontrar y ser encontrada.

a) Tener situaciones del pasado sin resolver. Entre más emociones atoradas y podridas, mejor. No solo en cuestión de pareja, sino de mí misma y mi historia, porque no siempre los fallos que se comenten en una relación de pareja provienen de vivencias en pareja, sino de cuestiones con los padres, o con situaciones generales vividas en mi historia.

b) Forzarme a seguir las exigencias sociales, los sueños ajenos y lo que los demás digan (o yo creo que dicen) que debo querer como pareja.

c) Elegir en momento de crisis. En este punto es importante subrayar que si estoy pasando por alguna situación de crisis o de cambios fuertes en mi vida, sería bueno dejar pasar un poco el tiempo para ver quién termino siendo. Cuando se elige pareja estando en crisis (cualquiera de los dos) puede ser una trampa, porque uno nunca sabe cómo va a terminar después de la revolcada, así que, aunque no es regla, es valioso esperar a ver quién sale después de la metamorfosis, para ver si así también lo elegiría (o me elegiría).

Esto no significa que, si ya tengo una pareja y uno de los dos entra en crisis, tendremos que separarnos para ver si la persona que resulta me sigue gustando. Creo que las crisis son interesantes pruebas de las parejas, aunque sea solo en la vida de uno (una muerte de alguien cercano, pérdida del trabajo, etc.), para conocerse más y apoyarse, siempre y cuando no esté intoxicando a la persona que apoya o a la relación en sí. Es necesario para una buena relación de pareja saber identificar cuáles son las crisis que le corresponde resolver a cada quien, cuáles son de la pareja, incluso cuáles no les corresponde resolver a ninguno, pero necesitan trabajar en saber cómo sobrellevar el momento, la teoría de la nariz de marrano puede ser útil para identificar esto.

d) Dejarme llevar por la desesperación. Entre más desesperado esté más puedo atraer a alguien dañino, oportunista, o que cubra esta necesidad y me provoque crear una relación de dependencia dañina, que, aunque al principio parece cubrir aquello que necesito (ser "salvada de la soledad") termina siendo un bastón o un ídolo, más que una pareja o amistad.

e) Odiar la soledad. Entre más mal concepto tengas de no tener pareja, más fácil será que caiga en una relación dañina, de cualquier tipo que ésta sea. Estar siempre buscando pareja o pasando de una a otra (incluso no cerrar una mientras ya se está empezando la siguiente), puede llevarme a nunca estar en la paz necesaria para un buen encuentro conmigo misma y, en consecuencia, con los demás.

f) Evitar pensar en lo que falló en mis relaciones y/o elecciones anteriores. Enterrar el pasado e incluso ignorarlo, dejando cosas sin resolver, rencores con parejas/amigos anteriores, y no hacer autoobservaciones sobre qué de mí necesita ser pulido para poder tener mejores relaciones interpersonales.

g) Enamorarme de alguien por lo que dice que va a Ser/Hacer, en ves de lo que ya Es o Hace. Ésta es una apuesta que puede resultar costosa. Porque es necesario

Amar a quien ya Es, en donde está y lo que en este momento hace. Sí, el futuro que proyecta también debe resultar agradable y deseable para mí, pero necesito tener la convicción de que, si no lo lograra, con su realidad actual también Amaría estar ahí.

h) Enamorarme de alguien que esté viviendo estos fallos, y querer vivir para rescatarlo de ellos.

Podría seguir escribiendo sobre formas de cometer errores, pero más allá de querer dejar una lista absoluta de fallos, la idea es tener claro si lo que Soy y lo que Quiero es lo que en verdad me va a dar la relación que quiero, y si esta mezcla es gracias a una buena cantidad de Amor Propio y realidad o una de carencias que necesito trabajar en mí antes de seguir relacionándome con la gente de una manera que no quiero o no es sana.

¿QUÉ SOMOS?

♥ "Zona Gris"... ¿qué le pasa? si es tan obvio lo que somos... dos enamorados que están encontrando cómo hacer para acomodar su mundo y poder vivir ese Amor tranquila y abiertamente... Está más claro que el agua... ¿Por qué se niega a dejar en libertad ese sentimiento y juntos encontrar para donde sigue el camino?

Me lo pregunté varias veces, sola y acompañada... mi corazón quería tener las razones para poder explicar mi sentir a aquella persona que me volaba los sesos de pasión, emoción y todo lo que se desata cuando se está perdidamente enamorado. Pero al parecer entre más trataba de explicarlo, más me metía en líos, menos me daba a entender y más lo alejaba.

¿Por qué se aleja cuando trato de explicarle cómo lo Amo?, ¿¡qué parte no entiende de que me trae de un ala y quiero conocerlo más para ver de qué se podría tratar esta relación?... suspiro... pero bueno, a la fuerza ni los zapatos entran (dicen por ahí)...

🧩 Cuando traté de utilizar la ciencia para encontrar de qué se compone el amor de pareja, de las primeras teorías que mi Teacher (el Dr. Ernesto López experto en cognición y emoción humana) me sugirió leer fue la del Triángulo del Amor de Robert Sternberg. Esta teoría propone que el amor de pareja tiene 3 factores, y que dependiendo de cómo jueguen es el tipo de amor que se está viviendo. Los componentes eran Pasión, Compromiso e Intimidad. También leí a Don Dinkmeyer y a Aaron T. Beck, quienes también tenían sus propuestas sobre lo que componía al amor de pareja, y proponían algo similar.

A grandes rasgos, los 3 componentes propuestos por Robert Sternberg son los siguientes:

- Compromiso: La decisión de pasar la vida (y el hoy) con la otra persona. El sentido de pertenencia, la tolerancia, la intención de resolver los problemas que se vayan presentando.
- Intimidad: Es la cercanía emocional con el otro, la complicidad, el compartir sueños, miedos, etc. sin miedo a ser juzgado negativamente.
- Pasión: Es el deseo intenso de estar con el otro. La atracción física, las ganas de que el otro sea feliz, el gusto de estar a su lado. Querer abrazarlo, besarlo, etc.

Cuando hicimos (en el laboratorio de ciencia cognitiva y emoción humana) las 2 primeras investigaciones sobre esto, resultó, en síntesis, que los 3 componentes propuestos por Sternberg eran adecuados para explicar a grandes rasgos los factores que tenía el amor de pareja. La diferencia entre los estudios fue que en el primero en el que las respuestas eran más pensadas por los participantes, el Compromiso obtuvo el primer lugar de importancia. En el segundo, en el que las respuestas eran más automáticas, la Pasión fue el más alto de todos. Así que con esto me puse a pensar en que al parecer las personas (aunque no había sido la misma muestra, pero sí en un contexto similar) decían querer o pensar algo sobre el amor de pareja, pero en realidad, de manera no muy consciente, buscaban otra cosa.

No me meteré tanto en los resultados y demás detalles, porque el caso es que me puse a pensar en si las relaciones de pareja podían estar fallando tal vez porque buscando lo que "se supone que debo querer" encontraba lo que en realidad quería, o viceversa, y en cualquiera de los dos casos, terminaba en fracaso, porque había una incongruencia entre lo que quería, lo que debería querer y lo que obtenía.

Entonces aquella persona que decía querer encontrar a alguien para casarse, vivir una vida estable, comprometida y en su lugar encontraba a una persona que le volaba los sesos de pasión y emoción, aunque fuera lo que en realidad quería, se frustraba, porque no obtenía lo que "estaba bien querer". Y al revés, quien encontraba una pareja con quien formalizar una relación estable, serena, comprometida, se aburría porque no tenía ese elemento de emoción intensa, de atracción física y química, de pasión...

Sí, así de enredado.

Desde aquel entonces anduve por el mundo predicando que era importante tener en cuenta estos 3 elementos para poder tener una relación armoniosa, constructiva y saludable.

Un punto muy importante de esto es que cuando se conocían estos tres elementos, podían ser de utilidad a la hora de resolver problemas entre la pareja, ya que se podía identificar de "cuál pata estaban cojeando" (punto débil) para poder trabajarlo, en vez de mandar a la goma toda la relación. O si de plano ya no había ningún elemento ni las ganas de trabajarlos, dejar la relación por la paz.

Más adelante me encontré con Walter Riso, quien propone que los elementos que conforman una relación de pareja son 3: Eros, Ágape y Filios. Cuando conocí sus significados pude hacer, hasta cierto punto, un empate con los 3 elementos propuestos por Robert Sternberg. El Eros era similar a la Pasión, Filios a la Intimidad, y Ágape al Compromiso. Entonces pensé que si dos personas de lugares diferentes, formaciones diferentes llegaban a puntos similares, era porque al menos hay algo de verdad en sus ideas.

Después me encontré con la propuesta de Demián Bucay. Él menciona componentes similares, aunque agrega ciertos detalles como el proyecto que tienen, el amor, etc.

Así como ellos, muchas personas han hablado o tratado de descifrar de qué se compone el amor de pareja, supongo que con la idea de poder dar claridad a las personas y que puedan vivir relaciones de pareja más fructíferas, constructivas y disfrutables.

Algo que he encontrado de interesante en esta temática es la facilidad con la que los descubrimientos sobre ello pueden quedar obsoletos con tanta rapidez (relativamente). Si me remonto a 40 años atrás, aunque los componentes podrían ser similares, la forma de expresarlos era diferente. Por ejemplo, el compromiso solo se podía expresar si había un anillo de matrimonio de por medio. Ahora al parecer puede haber más compromiso incluso sin haber firmado algún papel. La Intimidad se podía ver reflejada en contarle al otro cómo le fue en su día, y ahora se expresa en la confianza de prestarle tu celular.

Pero algo me faltaba. Cada vez que platicaba la teoría de las relaciones de pareja basada en estos 3 elementos, siempre había alguien que saltaba diciéndome que había otro tipo de amores también, como los clandestinos, los "*frees*", los amigos con derechos, etc. Que a fin de cuentas era un tipo de relación cercana, íntima, aunque no cumpliera con todos los "requisitos"...

Así que me dejaban pensando...

☯ Los 5 elementos.

♥ Entonces, en ese lapso de tiempo en el cuál estaba viajando entre las bolideas de encontrar cómo explicarle a José que no andábamos tan "perdidos" o que no estaba todo tan mal y prohibido, como me parecía que él lo pensaba, estuve trabajando en descifrar cómo los factores del amor de pareja podían ser útiles para decirle lo que pensaba. Que esa "zona gris" era hasta buena, y que las cosas no solo tenían que ser blancas o negras, porque esas zonas intermedias también eran útiles, incluso indispensables para poder tomar una buena decisión sobre la respuesta a la pregunta "¿qué somos?".

En este punto también me llamó Lupita, una amiga que se encarga del departamento de salud en una universidad, para pedirme que fuera a dar una conferencia en la semana de la salud. A esa conferencia la titulé "Sobre amigos, amores y esas misteriosas zonas intermedias", porque estaba sumergida en querer explicar qué era lo que había (porque estaba convencida de que sí había algo) en esos espacios. No solo amigos o novios, y no necesariamente era algo prohibido o maldito.

Así que comencé a darle una buena estudiada a los elementos de las relaciones de pareja, y surgió algo más, porque lo que estaba describiendo ya no eran solo elementos que se referían a una relación de amor de pareja, sino que podía ser aplicable a cualquier relación interpersonal, y dependiendo de cómo estuvieran jugando esos elementos, era la etiqueta o nombre que esa relación podía tener.

Después de una buena platicada conmigo misma, con Paco, Myrna, Ulises, Agustín y con algunas otras personas con quien me encontraba, los componentes quedaron en 5, y no es que con ellos se logre explicar tooooodo lo que sucede en una relación interpersonal, sino que son los que logré ubicar como centrales y clarificantes:

- **Intimidad / Complicidad.**
- **Compatibilidad de Forma y Proyecto de Vida.**
- **Intención /Acción de caminar juntos.**
- **Atracción Emocional.**
- **Atracción Física / Sexual.**

De aquí surge el Bolimodelo de las Relaciones Interpersonales, en el cual acomodo cómo creo que pueden jugar estos elementos, y del que platicaré más adelante. Primero quiero describir con la mayor claridad posible estos 5 factores.

1. Compatibilidad de Forma y Proyecto de Vida.

Veamos, creo que los dos nos dedicamos a algo similar: hacer cosas para beneficio de la humanidad. Nos gustan cosas similares como la fotografía, los medios de comunicación, estar frente a grupos de gente, detonarles ideas que les puedan ser útiles para que su vida sea más disfrutable... y, según yo, nos parecemos taaaaanto... amamos la aventura...

Claro, me dijo que no quería vivir en la ciudad en la que vivimos, que su idea era incluso cambiarse a vivir a otro país... La verdad a mí no me preocuparía hacer eso, incluso me parece interesante... pero él lo veía como un obstáculo, no se por qué... bueno, creo que porque nunca supo que a mí no me parecería mala idea hacer lo mismo... Cuestión de comunicación.

Aunque si me pongo a pensar en alguna otra persona, hay gente con quien tengo una compatibilidad de vida muy fuerte. Colegas con los que he trabajado bastante bien, porque buscamos contribuir al mundo de manera similar, o tal vez no similar, pero sí complementaria.

No solo es importante que nuestras misiones de vida sean similares, sino que la forma en la que vivamos sea compatible. ¿Qué haría yo de pareja con una persona que tiene como ritual inamovible todos los viernes salir a pasear, llueva truene o relampaguee, justo a las 6 pm? Que es el momento de la semana en donde hago mi programa de radio que tanto Amo. Ya me imagino el pleito de todos los viernes: ¿radio o paseo?... Que, si hubiera intención de ambas partes, podría lograrse la adaptación... pero si cada uno está aferrado a su ritual, los viernes serían indisfrutables...

Y esto es solo un horario, imagino qué pasaría si en vez de un ritual de viernes fuera algún valor o principio que se contraponen. Como dice Walter Riso, alguien del *ku klux Klan* no puede ser pareja (o amigo o algo) de alguien que lucha por la igualdad de derechos humanos. O más loco aún, cómo quiero ser pareja de alguien que ya tiene una a su lado (la quiera o no). Claro, a menos que yo fuera partidaria de la poligamia y la otra persona también, fuera de eso, sería muy complicado, la forma de vida no embona.

¿Qué pasaría si me enamoro de alguien que no entienda por qué podría yo gastar $3,000 dólares en ir a ver un juego de 4 horas al Arrowhead Stadium, o $100 dólares más gastos de envío en un jersey personalizado de mis *Kansas City Chiefs*? O peor aún, que cada domingo de temporada de la NFL me estuviera molestando o chantajeando para salir a pasear en vez de ver el juego de mis Jefes... Algo aparentemente tan simple, pero que al no poder comprender los sueños o los deseos del otro por tener otros intereses de vida, pueden llevar a un verdadero desastre.

No necesito que también le guste trabajar escuchando a Bach a todo volumen, que vaya conmigo a primera fila al concierto de mi Alex Sanz, ni que le guste tocar el saxofón... No importa si no siente la misma pasión que yo siento cuando estoy aporreando letras o desconectada del mundo metida en una cabina de radio... pero debe saber respetar que yo lo haga. Y de igual manera yo debo de respetar e incluso enamorarme más de aquello que tanto que Ama hacer.

Yo Amaría ver a José perder la noción del tiempo tocando su batería, o fotografiando algún nuevo paraje natural... O simplemente le respetaría su espacio para que lo haga y lo disfrute.

🧩 El elemento de compatibilidad de vida habla del grado en que dos personas tienen caminos compatibles, tanto los actuales como los que proyecta a futuro. Esto significa que es indispensable que yo tenga claro en dónde estoy parada y hacia dónde estoy caminando. No significa que la gente requiere tener un camino igual para poder caminar juntos (los dos en el mismo trabajo, con la misma profesión, en la misma asociación civil, etc.) es más bien que su quehacer diario y sus planes a futuro no se contrapongan.

Si una persona tiene como misión de vida poder curar al planeta de sus problemas ecológicos y se va a unir a Greenpeace, ser un miembro activo de esos que está en donde suceden los trancazos, y se encuentra con alguien muy hogareño y que le guste la vida tranquila, familiar, etc. pueden pasar dos cosas: a) por la gran compatibilidad en otras áreas se contagian de lo que el otro hace o logran encontrar un balance que a los dos les dé paz, o b) terminan odiándose en el primer mes de ser pareja, uno por *nefastes*, aburrimiento y tedio, y el otro por acelere, tensión y preocupación (si deciden hacer lo que el otro nomás por hacerlo). Aunque también podrían decidir que el otro siga haciendo lo que hace, pero utilizar chantajes, sentir soledad, etc. porque no les da paz esa decisión.

Por otro lado, hay personas que tienen una alta compatibilidad de vida, presente y futura, pero no hay ningún otro tipo de atracción. Pueden llegar a ser, por ejemplo, grandes colegas de profesión o de acción social (aunque en este segundo como implican más intereses en común es más sencillo que se den relaciones más cercanas que las profesionales).

En qué uso mi dinero, de qué manera lo gano, cómo administro mi tiempo, a qué le doy prioridad, qué misión(es) tengo en la vida, dónde me gustaría vivir, con quién me gusta salir a pasear, qué peso le doy a mis creencias religiosas, qué papel juega en mi vida mi familia y amigos, qué hago para descansar, en qué trabajo y cuánto tiempo, en qué me gusta entretenerme, si quiero ahorrar para comprar una cabaña en las montañas, la cantidad de tiempo que me gusta dormir, dónde creo que deben vivir mis mascotas (o si no me gustan), a quién es válido ayudar y cómo, qué tipo de aventuras me gusta vivir... etc... todo esto está implicado en mi modo de vida.

Dicen que "polos opuestos se atraen", y sí, no dudo que de repente alguien que sea muy serio, introvertido y sumiso se vea atraído por una persona que sea un torbellino emocional apasionado y aventurero, sin embargo, el tipo de relación interpersonal que formarían difícilmente podría ser una pareja completa, uno podría terminar sofocado y el otro con un probable ataque cardiaco. Aunque no niego que con intención y acción (siguiente elemento en la lista) hay cosas para las cuales se puede encontrar el equilibrio o adaptación.

Entonces, el que la forma en que vivo yo y vive la otra persona, más la forma en la que ambos quisiéramos vivir el día a día, determinará, en gran parte, qué tipo de relación puedo formar con ella. El respetar e incluso admirar mutuamente su forma de vida puede delimitar también lo estrecha que puede llegar a ser la relación.

Algunas preguntas generales que se deben responder para conocer el grado que tenemos de este elemento:

- o ¿Tengo claro quién Soy?, ¿tiene claro quién Es?
- o ¿Tengo un plan de vida?, ¿tiene un plan de vida?
- o ¿Conozco quién es y su plan de vida?, ¿conoce mi plan de vida?
- o ¿Me gusta la idea de apoyarlo en su plan de vida?, ¿le gusta la idea de apoyarme en mi plan de vida?
- o ¿Se contrapone la forma de vida que actualmente tenemos?

o ¿Se complementan y no se contraponen nuestros planes de vida se complementan?

2. Intención / Acción de Caminar Juntos

♥ Sí, nuestras situaciones de vida están un tanto volátiles ahora, pero ¿por qué no ir tranquilamente ir encontrando cómo solucionar eso y ver cómo podemos encontrar nuestros caminos?

Nunca tuve la oportunidad de preguntarle directamente eso a José, hubiera querido... pero... también ahora creo que, si en realidad existieran también de parte suya esas ganas de construir algo juntos, lo hubiéramos hablado y encontrado qué hacer. Creo que en realidad no era algo que quisiera... Dicen por ahí que "el que quiere puede", y tal vez él no quería...

🧩 Creo que para que dos personas establezcan una relación, independientemente de cuál sea ésta, es necesario que ambos tengan la intención de tener esa relación, de caminar juntos, y no solo la intención, sino, además, tomar acciones para lograrlo. ¿De qué sirve que Pedro le diga a Cristy que la ama mucho si no le interesa pasar tiempo con ella? O que le diga que sí le interesa, pero que hay cosas más importantes y urgentes que atender, y que no hay tiempo para ellos.

Este elemento es sencillo: Donde invierto mi tiempo, dinero y esfuerzo es en donde está mi interés y mis prioridades. Entre menos acción ponga en invertir, en comprometerme a estar ahí en tiempo, esfuerzo, atención, cuidados, etc. menos existe este elemento. En una relación en la cual hay todas las ganas de caminar juntos, se verá reflejado en el contacto que se tiene y en el acomodo que le damos a la vida para que podamos vivir la relación.

Por ejemplo, con una amistad es probable que haya menos tiempo de contacto diario que con una pareja (dependiendo de cada persona). Aquí la idea es que ambos estén de acuerdo y disfrutando de las ganas de estar juntos en el camino.

Si mi plan de vida y el suyo no son compatibles, pero en realidad quiero caminar a su lado y es prioridad, ambos aprendemos y descubrimos qué hacer para poder realizar los ajustes necesarios para seguir caminando juntos, independientemente de la relación que tengamos.

Aquí no solo está implicado el tiempo que se comparte, sino la forma. Por ejemplo, si Roxana es una persona relativamente fría y solitaria, y Esteban es una persona cálida y apapachadora, podrían pasar 24 horas al día juntos, pero probablemente Esteban se sentiría ignorado y Roxana sofocada o perseguida. Ellos podrían ser tal vez buenos amigos, conocidos cercanos, si hay otros elementos que los hacen querer compartir alguna parte de vida. Pero si quisieran ser pareja, tal vez habría importantes conflictos, porque, aunque cada quien amara al otro, su forma de demostrarlo es diferente, y no se complementa.

Sin embargo, si hay intención y acción, estas dos personas podrían encontrar el balance a través del respeto a la forma de ser del otro y, de decidirlo así, llegar a acuerdos. Y no es un "nos aguantamos", es tomar verdadera acción en un cambio o en una aceptación e incluso enamoramiento hacia la otra persona con todo y eso en lo que somos diferentes. Yo complemento tu frialdad con mi calidez, dándole calorcito a tu corazón, pero con tu permiso, nada a la fuerza.

Tú me enseñas a disfrutar también la soledad, el escuchar música en silencio sentado en una mecedora, viendo por la ventana...

También pueden decidir no tener una relación tan cercana, pueden ser amigos o simples conocidos sin necesidad de que la frialdad o la calidez sea un problema, eso es aparte, estamos juntos en el camino por otro motivo, donde no se ven implicados estos tipos de interacción.

Tal vez a mí me encanta bailar y a ti te gusta el cine. Tener la intención y acción de caminar juntos implica que unas veces vayamos al cine al maratón de las versiones extendidas de la película que Amas y otras bailemos como locos con la música a todo volumen en la sala... y ambos disfrutar del simple disfrute del otro...

Algo muy importante que he logrado entender y que cabe explicar en este elemento es que no vale la pena andar persiguiendo a alguien que no tiene ganas de que lo alcance, es más, no vale la pena perseguir a nadie, si quiere que lo alcance, mejor que se detenga y platicamos. Porque a veces puedo aferrarme a estar en la vida de alguien, a rogarle su tiempo, su atención, cercanía, pero parte del respeto a los demás y a mí misma es saber que solo se comparte el tiempo, el espacio y la Vida con quien quiera, no con alguien a quien tenga que forzar.

También dentro de este elemento se encuentra el aprender a resolver problemas, a avanzar a pesar de que no todo es "perfecto". Pulir diferencias, ser tolerante y comprometido con la relación interpersonal que se tiene. Es esa disposición a acoplarse a las circunstancias y no renunciar con el primer impulso de querer hacerlo. Sino al contrario, esforzarse inteligentemente y con trabajo real (no solo "aguantar"), para poder seguir compartiendo la vida. Tal como dice la canción de Leonel García, "Bailar":

> *"Eres tú con quien quiero bailar, por favor Amor, una pieza más.*
> *Y si cambia de ritmo, hay que ajustar, y en el silencio a descansar.*
> *Porque cuando se encuentra la pareja ideal, todo buen bailarín no la suelta jamás.*
> *Si ya no se escucha hay que cantar.*
> *Si pierdo el paso, improvisar."*

Así que el elemento de Intención /Acción de caminar juntos es tener las ganas de compartir el camino y tomar acción en ello; en conjunto. Es aprender a cómo agarrar la vida y moverla de la manera necesaria para que podamos seguirnos el paso. Como dice la canción de Río Roma, "o nos ponemos cobardes o le hacemos caso al corazón"...

Algunas preguntas generales que se deben responder para conocer el grado que tenemos de este elemento:

- o ¿Me gusta pasar parte de mi vida con él?, ¿le gusta pasar parte de su vida conmigo?
- o ¿Estamos de acuerdo en la cantidad de tiempo y la forma de interacción en el día a día?
- o ¿Hago lo necesario para compartir el camino con él?, ¿hace lo necesario para compartir el camino conmigo?
- o ¿Es importante en mi vida y yo en la suya de la manera que ambos queremos y explícitamente lo hacemos notar de la forma en la que los dos lo podemos sentir?

3. Intimidad / Complicidad

♥ Tengo algunos muy buenos amigos, que más que eso son cómplices de vida. El sello de este tipo de relaciones es este elemento, el saber que en esa persona puedes tener toda la confianza que existe. Aquí pondría en primer plano a aquellos con quien compartí muy en secreto el asunto de José, y que en vez de decirme que estaba haciendo una estupidez, que ya dejara de pensar en tonterías o que me enfocara en algo que en realidad pudiera rendir frutos, me escuchaban, dejaban que sacara mis ideas sobre la situación. Me dejaron hablar de cuan enamorada estaba de José. Creo que fueron varias horas y horas escuchando, probablemente, la misma parte de la historia... escucharon y me dejaron encontrar mis propios caminos, darme cuenta de cómo estaba la fotografía... Y no dejaron de echarme porras para que todo saliera de la mejor manera. Aunque claro, me ayudaron también a ver realidades y no inflar fantasías ilusorias.

Yo creía que José y yo estábamos comenzando una buena relación de complicidad... le conté cosas que pocas personas saben, porque desde el inicio me dio mucha confianza de hacerlo. Compartimos algunas muy ricas horas de plática. Largas conversaciones nocturnas telefónicas, otras muy buenas viéndonos a los ojos, de cerquita, sintiendo la piel... casi al oído... Según yo, él también confiaba mucho en mí... de hecho alguna vez me lo dijo.

Platicamos de nuestras vidas, de algunos errores, frustraciones, situaciones difíciles por resolver... cosas alegres, aventuras de vida, sueños, proyectos... Conocí su música... hasta un tanto de la historia de sus ancestros. Lo acompañé en algunos de sus viajes, y aunque fuera solo virtualmente, con lo que compartíamos, me sentía ahí... a su lado...

Sus palabras me ayudaron a ver realidades de mi vida que necesitaba mover, porque me estaban quitando el brillo, el espacio de vivir... pero no había logrado notarlo... Nadie como alguien que pueda decirme, con todo el tacto y a la vez claridad, que mi vida se estaba yendo al carajo. No solo me daba reflejos de mi realidad para poder verla, sino que me ayudaba también a ver todas mis fortalezas que me ayudarían a salir de ese estado. Nunca me dijo el camino a seguir, ni cómo debería ser, más bien me llenó de la energía necesaria, me puso frente a un espejo todo lo que tenía dentro de mí que estaba un tanto apagado... me ayudó a reconectarme con mi fuerza interna, con la confianza en mí misma... con la Sonrisa... con mis Alas... con mis Colores...

Nunca dejaré de agradecerle cuando me dijo: "No necesitas fuerza, necesitas estrategia". Ahora uso eso hasta para abrir un frasco de mayonesa atorado...

Pensándolo un poco, creo que yo no podría ser pareja de una persona que no fuera de mis mejores amigos. Y no es que dentro de mis amigos vaya a elegir una pareja, más bien que para poder ser pareja de alguien necesito tener una confianza de 10, no menos.

Recuerdo que en alguna ocasión tuve un novio en quien dejé de confiar. Sentía que me mentía y me comenzó a surgir la necesidad de ir a "espiar" lo que estaba haciendo. En el momento en que me di cuenta que tenía esa idea, esa incertidumbre y esas ganas de ir a corroborar si había algo que no estaba bien, decidí hacer un alto en el camino. ¿Cómo puedo decir que Amo a alguien en quien no confío? Y llegué a la conclusión de que, si siento la necesidad de "espiar" lo que mi pareja hace, es momento de dejar de estar ahí, más allá de si hace algo "malo" o no, si mi confianza (o su confianza) no está presente, es mejor que yo tampoco.

Creo que ésta es una de las partes que más extraño de José... cada plática que tuvimos, desde toda la honestidad. El saber que podía platicarle alguna cosa que estaba viviendo, el saber qué estaba pasando por su vida. Acompañarnos en el camino... presentarle lugares que nunca había conocido (que eso representaba un interesante reto)... Echarnos porras en lo que seguía de nuestro camino... Hasta me acuerdo cuando me dijo que ya se le había ocurrido la portada y el título de un libro que le platiqué que estaba escribiendo... Aaaahhhh cómo Amaba compartir con él mis ideas, metas, sueños, y escuchar los suyos...

...Provocarnos sonrisas, de esas que, sin ningún remedio, brotan del corazón... carcajadas... cosquillas en el Alma... Serenidad...

...suspiro...

Qué importante es que un cómplice lo sea para bien. Para que crezca y no para hundirnos los dos en fantasías o en situaciones tóxicas. Creo que un verdadero amigo es aquel que sin juzgar (a menos que lo pida) puede ver otra perspectiva de mi realidad y platicármela; no apoya en aquello que sabe que me puede ir mal, pero tampoco se molesta al no poder "quitarme" esos obstáculos. Y en vez de decirme: "Te lo dije", después de haber hecho lo contrario a lo que me platicó que para él sería lo mejor, mejor me dice: "Aquí estoy, ¿necesitas compañía?"... ni siquiera tiene que preguntar si dolió, porque como nos conocemos tanto, sabe exactamente la cantidad de dolor y dónde fue.

Si tuviera que ponerlo en otras palabras, la intimidad / complicidad sería un equivalente a la confianza, al confort cuando se está con la otra persona. Es el grado de autenticidad que puedes presentar sin preocupación alguna y que la otra persona se sienta igual de libre por serlo.

Son las ganas de que el otro esté feliz, pleno, y que de igual manera sientas que le provocas lo mismo, y ambos toman acción en ello.

Esta definición de Intimidad / Complicidad tiene su origen en la definición de Robert Sternberg, en su teoría del triángulo del amor para el elemento llamado "Intimidad", y es similar al elemento de "Filios", que ha propuesto Walter Riso. Ambos coinciden en la importancia de esta cercanía emocional y el sentirse bien pasando tiempo al lado de la otra persona. Ser compañía uno del otro.

Sternberg sintetiza en algunos enunciados lo que es la Intimidad:

- Desear la felicidad de la persona que se Ama.
- Hacer lo que sea necesario para que esté bien y que se sientan, ambas partes de la pareja, felices cuando están pasando tiempo juntos.
- Que creen un ambiente de tranquilidad que ambos disfruten.
- Reconocer la valía que tiene el otro, respetarla, saber que es importante y demostrarlo de tal forma que la otra persona pueda comprenderlo.
- Saber que cuentas con la otra persona en momentos difíciles, que tienes su apoyo emocional y que te comprende.
- Compartir lo material y a uno mismo, de manera auténtica. Dar lo que tienes y eres.

- Comunicación sincera y profunda de los sentimientos y pensamientos, con confianza y sin miedo.
- Recibir respeto y confianza.

Creo que el grado de este elemento va a delimitar en gran parte qué tipo de relación interpersonal se tiene con alguien. Esta puede ir desde un completo desconocido hasta alguien que conoce todo de ti y viceversa. Por ejemplo, un paciente tiene una gran confianza con su psicoterapeuta (en una situación óptima y funcional), le confía todo y le muestra sus pensamientos y emociones, más no se puede decir que es una relación de amistad, ya que el psicoterapeuta no es amigo de su paciente, no le cuenta sus miedos, su vida, etc. Por otro lado, un maestro y un alumno sí pueden llegar a tener una relación más bidireccional, sobre todo después de haber terminado el trabajo oficial. Porque puede haber confianza de aquí para allá y de regreso, escucha, acompañamiento y contención.

Aquí también me viene a la mente aquellas personas con quien puedo estar sentada en una banca en cualquier rincón del mundo, sin decir una palabra, y de igual modo disfrutar del momento. Simplemente acompañándose, sabiéndose ahí, se transmiten paz, sin palabras...

Complicidad es poder ser feliz con la felicidad del otro. Es ir a echarle porras al equipo en el que juega, llevar una pancarta al teatro en donde tocará por primera vez en público el saxofón, y mientras está haciendo el solo, que se te ponga la piel tan chinita como si tú mismo estuvieras tocando, y aplaudir y chiflar como si no se hubiera equivocado ni una sola vez y estuviera dando un concierto a 15,000 personas en la Arena Monterrey. Como cuando estas platicando con un amigo muy cercano y emocionarte mientras te cuenta que al fin pudo besar a aquella persona que lo traía loco, y casi casi hasta sentirte ahí en ese momento...

Es sentirte acompañado mientras estás (físicamente) en soledad, frente a un juez, en uno de los momentos más difíciles e intensos de tu vida, defendiendo a quien Amas...

Tener alguien con quien sientes Intimidad / Complicidad, es como le dice Robin Williams a su hijo en la película "Más allá de los sueños": "Sé que creo en ti. Si estuviera atravesando el infierno, sólo hay una persona en el mundo entero que querría a mi lado [...] Un hombre con integridad y con carácter, de los que no fingen...". Ese grado de confianza, en el cuál creen en ti hasta en esos momentos en los que tú mismo no lo haces.

No es confiar ciegamente, sino con todo el conocimiento de que la otra persona, aunque pueda equivocarse a veces por su humanidad, no haría nada para dañarte a propósito, y si llegara a lastimarte, movería el mundo para remendar la situación y no la repetiría.

Algunas preguntas generales que se deben responder para conocer el grado que tenemos de este elemento:

- o ¿Siento cercanía emocional con él?, ¿siente cercanía emocional conmigo?
- o ¿Le puedo platicar mis problemas, miedos, tristezas, alegrías, etc. y sé que no se burlará, respetará mi sentir y me acompañará?, ¿él siente el mismo grado de confianza?
- o ¿Sé que cuento con él en momentos en los que necesito apoyo?, ¿los siente él también?

o ¿Me encanta verlo y saberlo feliz y más si puedo aportar mi granito de arena en que lo sea?, ¿tiene él esta misma sensación?

4. Atracción Emocional

♡ Mientras escribo estas palabras me han llegado algunas luces sobre la realidad de la relación que tuve con José... de esa "Zona Gris" que me hizo comenzar a poner orden en todo este asunto. Porque creo que, aunque tuviéramos un alto grado de confianza (según mi percepción), pasáramos taaaaan a gusto el tiempo juntos, la compatibilidad de vida fuera buena y nos gustáramos tanto, creo que en este punto podría haber un bache.

A mí me atrae tanto, que puedo dejar de hacer cosas importantes solo por pasar tiempo con él, solo por saludarlo, darle un abrazo apachurroso o cocinarle unas lentejitas para llevárselas cuando está enfermo. Con tal de ver sus ojos, de pasar un rato, muevo el mundo... AMO estar a su lado...

Ahora comprendo, tal vez soy demasiado intensa... no sé de parte suya, pero para mí se convirtió en prioridad pasar tiempo juntos. Tal vez no era el número uno de mi lista de repartición del tiempo, ya que había cosas sobre las cuales tengo responsabilidad, pero de que movía lo que se necesitara, lo movía...

Prefiero estar a su lado que en casi cualquier otro lugar... busco la ocasión de lograrlo, aunque tenga que hacer malabares con un montón de factores para lograr coincidir tiempos, Amo lograrlo...

Simplemente quiero pasar tiempo con él... haciendo lo que sea, no por conformismo sino porque lo que hagamos nos sale muy genial y lo disfrutamos mucho... caminar por una plaza, comer machacado con huevo, escuchar a Pink Floyd (que yo ni conocía)... y a pesar de que él no es fan de la lectura, me dejaba leerle las letras que él me provocaba escribir...

Aunque tal vez a mí se me acelera más el corazón de las ganas de estar a su lado que a él de estar al mío... tal vez nunca lo sabré... tal vez solo es mi percepción... puntos a favor de la comunicación directa, sin mucho rodeo ni interpretaciones...

Su forma de ser me parece tan única, tan especial, tan ÉL... su forma de ver la vida me encanta. Es más, hasta su forma exclusiva y un tanto extravagante de vestir me parece muy interesante. Puedo escuchar sus aventuras (pasadas y futuras) y sus pláticas por horas sin aburrirme. Es de esas personas de las cuales sería imposible encontrar una copia. Es tranquilo, se nota que tiene serenidad en su corazón, y a la vez puede ser una bomba de energía rica.

Amo su forma de crear, de tomar elementos del ambiente, ideas, y hacer con ello algo, un video, una foto, una experiencia... Lo admiro. Creo que cuando lo veo mis pupilas se dilatan, y no solo de lo guapo que me parece, sino de lo que logro ver en su forma de Ser. Es un Hombre único. Y Amo cada una de esas unicidades que le conozco.

En la segunda conversación no laboral que tuvimos recuerdo que él me dijo que le gustaba mucho lo que yo hacía, que le encantaba mi pelo, mi collar... "Soy tu Fan", me dijo... De hecho, esa frase me la ha dicho varias veces. Y la verdad, yo también soy su Fan. Tan fan como Po (de Kung Fu Panda) de los maestros del Kung Fu. Después descubrí que es una frase que suele usar para muchas cosas, y confieso que yo también, pero con él y con mi Alejandro Sanz son con las únicas personas que la utilizo con todo el peso que esas palabras tienen.

Hubo una canción que capta con mucha precisión cuánto me encanta la forma de ser de José, "Mi Persona Favorita" (de Río Roma):

> *"Me encanta que seas tan ocurrente, de repente dices cosas que me vuelan la mente simplemente, pero siempre estás presente, aunque no pueda verte.*
> *De locura casi estamos igual, de un día a otro me volví tu Mega Fan.*
> *Y ya eres mi persona favorita, cada minuto a tu lado es genial, y no hay nadie en el mundo mundial que Ame más que estar contigo, cada momento lo haces especial".*

Y sí, la escuchaba varias veces al día, me conectaba con eso tan genial que siento por José, me hace sonreír y disfrutar el simple hecho de pensar en él...

🧩 La Atracción Emocional es, en palabras de Robert Sternberg al definir el elemento de la Pasión: El deseo intenso de estar con el otro. Así como no me importaría que estuviera nevando, si tuviera boletos para el *Super Bowl* y mis *Kansas City Chiefs* fueran a jugar, iría, no importa que tuviera que llevarme dos cobertores más un impermeable... ahí estaría, si no en primera fila, en el mejor lugar que hubiera encontrado después de vender lo que tuviera que vender por estar ahí.

Es que me encante su forma de ser, que admire con todos los sentidos a esa persona, que pueda pasar horas conversando, escuchando, haciendo. Que me encante lo que hace, aunque sea una actividad que yo no haría, pero verlo en su plenitud me fascina. Puedo usar mucho tiempo solo contemplándolo hacer lo que Ama hacer, como tomar fotografías, cocinar, escribir, hablar en público, practicar algún deporte, componer música.

Es admirar su Ser y su Hacer, y que esto me despierte un alto respeto por él.

No es que sea una atracción del tipo que provoque exclusividad de tiempo, es decir que deje a toda la gente y todo mi quehacer por estar con esa persona, pero AMO estar ahí sin importar qué es lo que estemos haciendo. Sigo teniendo contacto con el resto de la gente, incluso hasta estoy de mejor humor y tengo mejores relaciones interpersonales con el resto del mundo cuando tengo a esa persona en mi vida, porque con un solo mensaje (o alguna otra forma de contacto) me pone de buenas.

Busco estar en contacto con esa persona el mayor tiempo posible, sabernos ahí el uno para el otro en el día a día. Sin caer en la obsesión y dependiendo del gusto de ambos, ya que varía el tiempo y forma que a las personas les gusta estar en compañía.

Como dice la canción "La Quiero a Morir" de Jarabe de Palo y Alejandro Sanz:

> *"Ahora soy el guardián de sus sueños de Amor, la quiero a morir... [...]*
> *Ella borra las horas de cada reloj y me enseña a pintar transparente el dolor con su sonrisa...*
> *Levanta una torre del cielo hasta aquí y me cose unas alas y me ayuda a subir a toda prisa, la quiero a morir.*
> *[...]*

Me atrapa en un lazo que no aprieta jamás, como un hilo de seda que no puedo soltar, no puedo soltar, no quiero soltar, la quiero a morir...
Cuando trepo a sus ojos me enfrento al mar, dos espejos de agua encerrada en cristal, la quiero a morir. Solo puedo sentarme, solo puedo charlar, solo puedo enredarme, solo puedo aceptar ser suyo, tan solo suyo, la quiero a morir...".

Es la Pasión de compartir tiempo, vivencias, espacio... es la emoción de caminar a su lado por la vida.

Es AMAR la vida a su lado... son las ganas de Pertenecer y permanecer ahí, que se salen por cada poro de la piel...

Algunas preguntas generales que se deben responder para conocer el grado que tenemos de este elemento:

- o ¿Me encanta su forma de Ser, sus sentimientos, su forma de pensar?, ¿a él también le encantan los míos?
- o ¿Me siento parte de una relación?, ¿él se siente también parte de ella?
- o ¿Podría pasar horas y horas conversando con él porque me encanta lo que formamos cuando estamos juntos?, ¿también él gusta de pasar horas y horas a mi lado, sin hacer algo en específico?
- o ¿Me pone de mejor humor el estar a su lado y tener algún contacto con él?, ¿él también siente esa rica sensación de querer sonreír más al saber de mí o estar conmigo?

5. Atracción Física / Sexual

♡ Seré simple, veo a José y me lo quiero comer vivo. No puedo estar en el mismo lugar sin querer abrazarlo y besar toda la superficie besable que tiene... No importa si está usando un traje costoso o si lleva puesta su playera más cotidiana... no importa si estamos en medio de una junta elegante donde hay que guardar compostura o si estamos en la cochera de su casa. Me hace perder la cordura el sentirlo cerca... y no se diga verlo a los ojos... aaaahhhhhhh sus ojos me deeeeeeeeerrrrriiiiiiiteeeeeeeeen... podría vivir solo para sentir sus manos en mi cintura (y claro, lo que sigue de esa escena)... Yo no sé si está guapísimo según las normas sociales... solo sé que logra alterar cada poro de mi piel y cada gota de mi sangre...

Sus besos me transportan a otra dimensión... sus manos hacen que el mundo desaparezca, que se detengan las horas... que no importe si hay conexión de Internet para publicar lo que estoy viviendo o que ya falten 5 minutos para entrar al aire en Radio... simplemente siento como dice otra canción de Río Roma, "Por eso te Amo" (que apareció mientras escribía esta parte): "Son tus brazos el lugar perfecto a donde pertenezco..."

Basta con una mirada de frente, acercándose... para que cada cable de nuestra compostura se vaya desconectando... con cada centímetro menos de distancia, desaparece el sonido del ambiente, los problemas... los modales...

Siento que podría vivir en su mirada... en su piel... en sus labios...

🧩 De este último elemento no hay mucho que explicar... solo que éste es el diferenciador de una amistad o un conocido a un anhelo de pareja: ese deseo casi incontrolable por estar cerquititita de la otra persona... en ese punto en donde no puedo reconocer si el sudor es mío o suyo...

Sí, habrá muchas personas en la vida que me llamen la atención, que me parezcan atractivas, pero es diferente a aquella persona con la que es "inevitable, casi como respirar" (según Maná) querer estar en sus brazos.

No necesita mucha explicación, puesto que en base a lo que he visto en la vida, la mayoría de las personas que tengan la edad y el interés para leer este libro es porque ya lo han experimentado. Es aquello que te da un sentido de pertenencia, no como objeto, sino como "ser parte de", muy rico.

En canción la pondría como la de "Cuenta Pendiente" (Alejandro Sanz y Paty Cantú):

> *"De las tentaciones que yo tengo, juraría que eres la mejor,*
> *yo prefiero que me parta un beso, que negarte el corazón.*
> *Malditas las ganas que tengo de verte, y que lluevas sobre mi desierto,*
> *hay entre los dos una cuenta pendiente, ¿qué te parece si arreglamos eso?*
> *Ay tómame, llévame un ratito al paraíso, ponme las estrellas en el piso, no hace falta tanto compromiso.*
> *Acuérdate que tengo la mente peligrosa, y esta noche que te ves como una diosa, se está poniendo buena la cosa.*
> *Eres el pecado de la tierra que mi cuerpo necesita,*
> *quítate la pena y el perdón, pero primero la camisa..."*

Así que, resumiría este elemento en 3 palabras: Química Salvaje Pura...

Algunas preguntas generales que se deben responder para conocer el grado que tenemos de este elemento (aunque insisto, no hay mucho que explicar con palabras de este elemento):

- o ¿Amo sus besos, abrazos, caricias, apapachos, besarlo, abrazarlo, acariciarlo, apapacharlo y todo lo demás?
- o ¿También él busca y disfruta intensamente de este tipo de cercanía?

◎ El Mapa

♥ Me di cuenta que, para poder explicarle a José qué era lo que sentía por él y por el nosotros que estábamos formando (según yo), primero debía tenerlo muy claro para mí misma. Así que recurrí a donde muchas veces voy cuando quiero entender la vida: Amigos, Filosofía y Ciencia.

Dialogando con amigos y con algunos científicos/pensadores de las relaciones de pareja (a través de sus escritos) encontré algunos detalles que me estaban siendo de utilidad para explicarme por qué yo no me sentía incómoda con la mentada "Zona Gris"... Me di cuenta de que yo tenía claro que lo que quería era conocerlo más para saber si en realidad podríamos funcionar bien como pareja, como amigos o sería mejor simples conocidos de paso por el camino... importantes, pero de paso solamente...

Cuando le dije que Amaba todo lo que conocía de él y que quería seguir conociendo más, porque al momento conocía poco, creo que no me di a entender... o él no quiso entender, no lo sé. José solo insistía en que teníamos que decidir si ser amigos o pareja, pero que en ese momento no era tiempo para tener pareja por nuestras situaciones de vida. Me lo repitió varias veces en diferentes ocasiones... Creo que ahí yo era la que no quería entender el mensaje, tal vez me quería decir muy suavemente que no quería más que amistad conmigo, pero creo que hasta ahora lo voy entendiendo... ah, que caray...

Pero bueno, lo interesante es que de ese viaje entre no entender el mensaje y poder tenerlo claro, surgieron algunas ideas que me dejaron llegar a la claridad. Cabe subrayar que no ha sido una claridad agradable y cómoda, por decirlo de alguna manera, porque duele cuando te das cuenta de que alguien de quien te estás enamorando está en otro canal... pero es buena, porque ya no hay opción de hacerse tonto y seguir alimentando fantasías. Duele menos bajarse de la nube que quedarse ahí a vivir de migajas de pseudoamor, generalmente imaginarias.

Entonces, me propuse a buscarle un orden a las cosas, una estructura. Él me decía que una de las cosas que no le parecía era que hubiera besos y apapachos si no éramos pareja oficial. Me dijo que él tenía la regla de que no besaba amigas. Así que le producía incomodidad estar teniendo una conducta "inapropiada" para lo que éramos.

Pero... ¿qué éramos? Creo que eso también le causaba conflicto, no poder ponerle nombre a lo que éramos, entonces no saber cómo comportarse.

Meses después, mi psicoterapeuta me ayudó a entender eso con un concepto: Repertorio de Conductas. Me dijo que, para cada tipo de relación y en cada contexto, tenemos un repertorio de conductas diferente. Y que, en una relación, cualquiera que fuera, es necesario delimitar cuáles son las válidas para ambos, si no, podía provocar conflictos existenciales, malentendidos y esas cosas que pasan cuando ambas personas están en canales diferentes pensando que están en el mismo.

Por ejemplo, hay personas que piensan que en una relación de amistad muy cercana sí caben el sentarse en un sillón abrazados bajo una cobija durante toda una tarde, y ver películas. También hay personas que creen que dentro del noviazgo no se deben de tener relaciones sexuales, sino solo dentro del matrimonio. Si ambas personas están de acuerdo en que esas conductas caben ahí, es válido. Si no, puede haber conflictos a la hora de estar juntos, porque cada quien está buscando un repertorio conductual diferente. Entonces es indispensable que para formar cualquier relación, tener claro qué conductas sí se pueden tener y hasta en qué lugares, para tener la tranquilidad de estar en la misma sintonía.

Así que creo que eso le pasaba a José, no sabía qué éramos entonces, no sabía cómo comportarse, solo sabía que las conductas que estábamos teniendo no aplicaban ahí. Bueno, eso creí en ese momento, sigo sin poder corroborarlo. Son solo, como yo les llamo, bolihipótesis... Tal vez lo único que pasaba es que no le interesaba pasar tiempo ni camino conmigo y yo creando toda una historia... ja ja ja ja

Fuera cual fuere la situación, algo que sí sé es que eso me llevó a describir un mapa de ubicación, con sus instrucciones de navegación y todo. Inicialmente lo hice para poder explicárselo a él, pero en realidad me sirvió a mí para darme cuenta de cierta realidad: no estábamos en el mismo punto ni nos dirigíamos hacia el mismo lugar.

Después de compartir el mapa con algunos amigos, lo complementaron y me dijeron que les había dado también claridad a ellos, y que ahora entendían más cosas acerca de las relaciones interpersonales. Luego me lo pidieron en conferencia para una universidad y, ante unas 200 personas, expuse lo que le llamé el Bolimodelo de las Relaciones Interpersonales.

No puedo decir que me llovieron comentarios de felicidad y claridad, pero sí al menos tuve unas 15 personas me dijeron que se llevaban una linterna más para su camino. Entonces creí que tal vez a alguien más le podía ser útil, así que comencé a trabajarlo ahora como reto profesional, de manera más fundamentada y elegante. Con el paso del tiempo, y de algunas mentes que le metieron mano filosofando conmigo, surgió el siguiente diagrama:

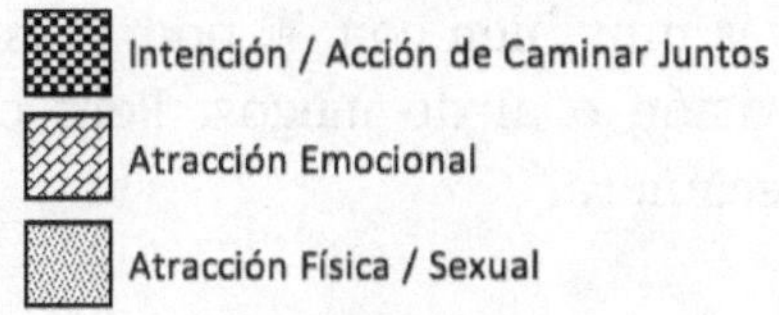

Antes de llegar aquí, hubo varios intentos fallidos, incomprensibles o que quedaban cortos. Pero pensando con mi amigo, el Padre Adrián, que es igual o más ñoño (estudioso) que yo, me ayudó a encontrar esta forma de graficar 5 variables en un mismo espacio.

En este mapa quería plasmar los diferentes elementos que componen una relación interpersonal y cómo juegan para poder responder a la famosa pregunta de "¿qué somos?"... Y no, no lo he podido compartir con José... es triste, pero también revelador, porque con eso veo de inicio que no estábamos en el mismo punto del mapa, es más, conforme he escrito estas letras creo que él ni siquiera quería estar en el mapa conmigo... pero siguen siendo percepciones mías.

🧩 Por la forma del mapa, se podría hacer la analogía con un edificio, en donde en cada cuarto se vive algo diferente.

Por ejemplo, si llega a tu casa un vendedor, no lo dejas entrar a tu recámara, porque no tienes la confianza, y aparte, no te interesa formar cercanía con él, es decir, no tienes intensión ni acción de caminar juntos. Entonces si le llegaras a abrir la puerta, solo lo dejarías afuerita.

En cambio, hay personas, como a tu jefe, que tal vez dejarías entrar a la sala y al comedor, y si acaso se diera la oportunidad, a la cocina. Porque le tienes confianza, pero no existe más intensión de generar vínculos más cercanos. Claro, si te llevas muy bien con él, podría incluso entrar al cuarto de televisión o al de juegos. Pero creo que no lo meterías a tu recámara.

Pero a tus amigos cercanos, aquellos con quienes tienes cercanía fuerte, atracción emocional y te encanta pasar tiempo con ellos, podrían un día quedarse a dormir en tu recámara.

De igual manera, los cuadrantes del mapa marcan tanto el qué son, como el hacia donde quisieran dirigirse. Pueden identificar si los dos tienen la misma idea de dónde están y si quieren moverse a aumentar la cercanía (aumentando los elementos) o quedarse ahí, incluso habrá quienes dirán que prefieren dar algunos "pasos para atrás", y quienes eran pareja se pueden convertir en amigos, o incluso llegar a simples conocidos sin relación alguna.

Te lo explico más detalladamente a continuación.

He decidido tomar de guía el elemento de Intimidad / Complicidad, porque creo que es el central ya que delimita el grado de cercanía que hay entre las personas. El resto de los elementos sirve para describir el tipo de relación que se tiene, las herramientas de interacción que se necesitan y el repertorio de conductas que aplican a cada espacio. Es así como para elegir cuadrante, se utilizan los dos primeros elementos, y los otros tres, van a "rellenar" o pintar el cuadrante elegido, dependiendo de qué tanto esté presente cada uno de ellos en la relación (nulo, bajo, medio o alto).

El segundo elemento que creo que es indispensable para delimitar de inicio qué somos es el de Compatibilidad de Forma y Proyecto de Vida. Entonces, estos dos elementos son los que te dirá en cuál de los 16 cuadrante se ubica la relación. Los otros tres elementos (atracción física/sexual, emocional e Intención/acción de caminar juntos) van a ser los que se coloreen dentro del cuadrante. De esa manera podrás ver qué tan lleno está el cuadrante en donde están parados.

Cada elemento puede variar en el grado que está presente. Te puede suuuuuuuuper atraer físicamente al grado de si pudieras estarías ahí pegado todo el día lo harías (nivel alto), puede solo gustarte un poco (nivel bajo). En el caso de la Intimidad/Complicidad y la Compatibilidad de Forma y Proyecto de Vida, el nivel que se tenga marcará, como mencioné anteriormente, las coordenadas del cuadrante. Los otros 3 componentes marcarán el nivel de llenado.

Este mapa se puede utilizar con dos finalidades, la de identificar en dónde me parece que esta mi relación con alguna persona, y también para poder identificar dónde me gustaría estar. Esta última utilidad tiene dos objetivos.

El primero sería identificar si ambos están en la misma sintonía de hacia dónde van caminando en la relación, y la otra sería que, si sí están de acuerdo, comenzar a diseñar o encontrar estrategias que puedan ser de utilidad para llegar ahí.

Por ejemplo, si siento que el nivel de Intimidad/Complicidad está a nivel medio, pero me gustaría estar en alto, así lo marco; o si siento que el nivel de atracción emocional es bajo, y quisiera estar en alto, lo marco.

También puede darse al revés, que una persona esté muy "metido" en mi vida, y lo quiero más lejano, así que, también lo marco, para poder expresar que con esa persona no quieres tener una relación cercana, aunque suene rudo, son verdades que es indispensable notar, para poder dejar aquellas relaciones que no son lo que estamos viendo que son. Por ejemplo, si yo estoy perdidamente enamorada de alguien y esa persona solo quiere mi amistad o menos, no puedo insistir en meterme en su vida a la fuerza, ser importante en su camino o co-protagonista, si no es deseo de ambos.

La forma de usar el mapa es que, sin estar en la presencia del otro, marquen dónde sienten que están y en dónde les gustaría estar con la otra persona. Cuando terminen, se lo muestran. Lo más importante va a ser que ambos tengan la misma visión a futuro del tipo de relación que quieren tener, para que puedan buscar la forma de llegar a construir ese tipo de relación.

Por ejemplo, si quieren más cercanía, será necesario que ambos tengan claro el por qué sienten que quieren crecer en ese aspecto, de manera concreta, qué tipo de cosas deberían de pasar para saber que sí está aumentando la Intimidad/Complicidad, como "platicar más sobre cómo nos sentimos o qué hacemos", conocer qué haces en tu día, etc. Entonces en base a eso, se buscan estrategias para lograrlo, como hacer citas para platicar de lo que sienten y piensan, o hablar más seguido, o cualquier cosa que ambos estén de acuerdo hacer para aumentar ese componente.

Si sienten que falta atracción física/sexual, será también importante identificar a qué se refieren, si a que ya no les gusta físicamente la otra persona, o si sienten que hay poco tiempo para la pasión, besos y abrazos, o qué es lo que está sucediendo, para en base a ello, crear estas estrategias para trabajar en esa línea.

Puede existir el caso en el que no coincidan en el lugar en el que creen que la relación está, por ejemplo, una siente que la persona no le platica "suficiente" sobre sus sentimientos o sobre lo que hace en su vida, y la otra siente que le está contando toda su existencia con una sola frase, porque es a la persona que más le ha platicado su vida. Entonces la primer persona piensa que el nivel de

Intimidad/Complicidad es bajo, y la segunda persona piensa que es altísimo.

También puede suceder que una percibe una fuerte Intención / Acción de caminar juntos y la otra siente que solo existen algunas interacciones virtuales de vez en cuando. Aquí hay una discrepancia en la percepción y lo que hay que hacer es conversar para identificar qué creen que debería de suceder para poder entender las necesidades y gustos de uno y del otro, para saber si están dispuestos a encontrar ese espacio en donde coincidan y se sientan en nivel alto los dos.

Por otro lado, pueden encontrar una discrepancia entre lo que les gustaría. Tal vez una persona siente que la cercanía ya está "suficientemente" alta, y no quiere tener una relación de más cercanía. Tal vez puede presentarse el caso en el que uno piensa que los planes de vida que tienen son similares y la otra no, quisiera tener formas y proyectos más compatibles. Podría también ser que una persona siente que quiere pasar más tiempo con la otra, y el sentimiento no es compartido, porque es alguien más individual, que le gusta su espacio.

Cuando no es de percepción la diferencia sino de lo que se está buscando en la relación, es más complicado seguir caminando juntos, ya que implicaría que una de las dos cediera ante lo que está buscando. Si a lo que va a ceder no es algo esencial para su felicidad o para sentirse Amado, puede ser válido y muy bueno concederlo.

Pero si ya es algo de lo que es esencial, por ejemplo la cantidad de tiempo juntos o profundidad de las conversaciones (si alguna de estas dos es esencial, dependerá de cada persona), ceder será entrar a vivir en una relación en donde no estará en paz, no será feliz, y posiblemente se lleve "entre las patas" la felicidad y tranquilidad del otro, incluso aunque se esté construyendo la relación que el otro ha soñado.

Por eso este Bolimodelo (que a veces más bien lo pienso como un antimodelo porque invita a que cada quien cree su propia "mezcla perfecta" y encuentre a quien busca crear una mezcla similar) contempla que pueden existir relaciones que estén "desbalanceadas", es decir, que los elementos están presentes en diferente cantidad en cada persona. Entonces la relación no es un "somos" sino un "cada quien está en un lugar diferente, y entonces, a la pregunta de "¿qué somos?, se le agrega la de "y ¿queremos hacer algo al respecto?".

Si ambas personas están de acuerdo en que quieren caminar hacia el mismo espacio, se diseñan las estrategias entre ambos para mover lo necesario para lograrlo, como decía en los párrafos anteriores. Pero si solo una persona quiere, digamos, avanzar a ser una pareja y la otra está caminando a ser amigos, o menos, ya no funciona; estarían más en una de las relaciones a las cuáles llamo "desequilibradas" en donde uno quiere ser más cercano que el otro, como la relación Ídolo / Fan, o en la famosa *Friend Zone* o Amor Platónico. No es que esté mal estar ahí, pero es necesario tenerlo consciente, para que sea menos doloroso cada desaire, porque ya sé en dónde estoy y no espero (y mucho menos exijo) más.

La idea es que todo tipo de relaciones pueden existir, sean socialmente aceptables o no. Existen aquellas que ni se conocen, pero tienen mucha Atracción Física /Sexual, y deciden plantarse en ese lugar del mapa. Hay quienes tienen gran Compatibilidad en su forma y proyecto de vida, pero no tienen ni un ápice de interés en entablar una relación cercana en confianza, entonces se pueden lograr unas muy buenas relaciones de colegas laborales, de acción social, etc.

Este mapa también puede ayudar a establecer el repertorio conductual que quieren vivir, porque si quieren jugar el rol de ser amigos con derecho o conocidos con derecho, pueden identificarlo en el mapa y así dejar claro qué tipo de sentimientos entran en la relación y las acciones o permisos que se pueden otorgar por estar ahí. Veamos unos ejemplos de mapas que ya han sido llenados.

El primero (Mapa 1) corresponde a un conocido que se acaba de cruzar en mi camino y se me hace realmente atractivo en el aspecto físico (atracción física/sexual). No lo conozco, por ello no tengo confianza (intimidad/complicidad). No sé sus planes de vida (compatibilidad de forma y proyecto de vida), ni he cruzado palabra con él para saber si me caerá bien (atracción emocional) o si quisiera caminar a su lado en la vida (intensión/acción de caminar juntos).

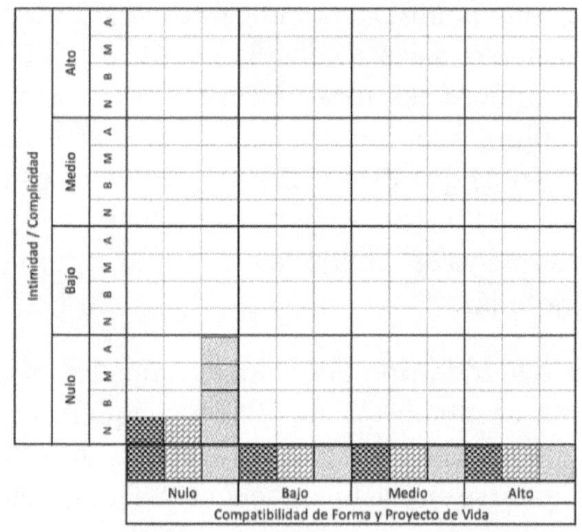

Mapa 1

En el segundo mapa vas a ver la relación que existiría con un buen colega de trabajo (compatibilidad de forma y proyecto de vida) con quien me llevo bien (atracción emocional) y tengo cierta confianza (intimidad/complicidad), no existe atracción física/sexual, pero sí queremos trabajar juntos en nuestros proyectos (intensión/acción de caminar juntos).

En este caso el cuadrante en el que se ubica la relación muestra que hay cierta cercanía, pero no lo suficiente como para formar una relación de las más cercanas. Claro que, si cuando se llena este mapa de ubicación, ambos quieren aumentar alguno de los elementos y moverse de cuadrante, será importante que se pueda marcar esto como lo que se desea, para saber si los dos están de acuerdo, y entonces caminar.

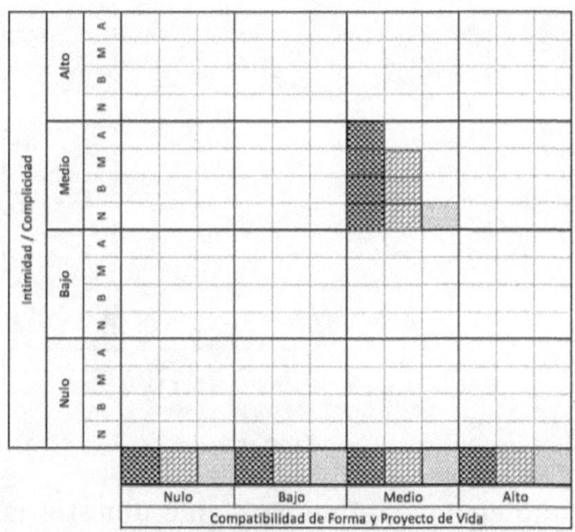

Mapa 2

En el tercer mapa es el caso de lo que yo llamo Hermanos Elegidos, que son aquellos que tienen todos los elementos, pero sin existir una atracción física/sexual.

Son los mejores amigos, aquellos que son incondicionales a cualquier hora del día, que se cuentan todo (Intimidad/Complicidad), que puedes pasar horas y horas platicando o sin hacer nada en particular y el tiempo vuela (Atracción Emocional), que su forma de vida, sus valores, el cómo ven la vida y hacia donde van caminando, son compatibles (Compatibilidad de forma y proyecto de vida) y que coinciden en que caminar juntos en la Vida les enriquece el Alma.

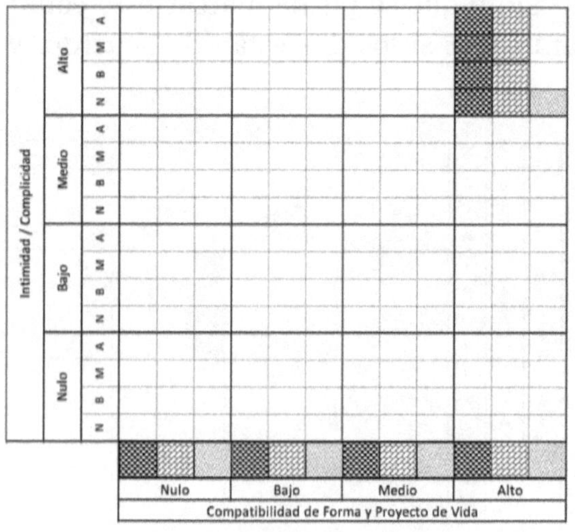

Mapa 3

Y por último ejemplo, el mapa 4, que muestra la segunda relación más plena que identifico, que es la de pareja completa, en donde se presentan al tope todos los elementos.

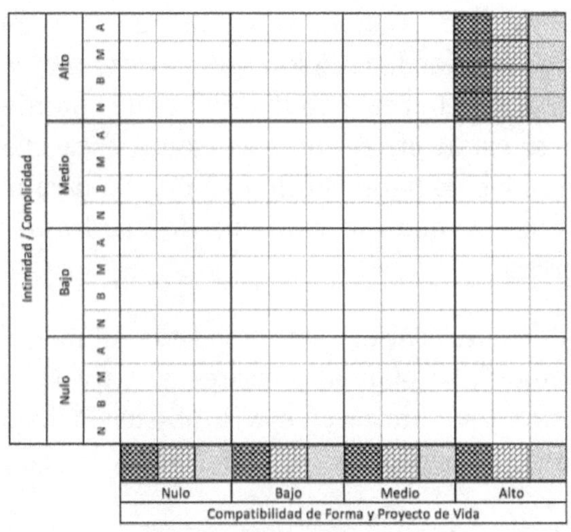

Mapa 4

Quiero subrayar que estos dos tipos de relaciones más plenas que menciono (pareja completa y hermanos elegidos) son desde mi perspectiva. Puede que para ti o para otra persona lo más pleno que busca en sus relaciones interpersonales es ser medianamente cercanos (intimidad/complicidad), tener un plan de vida compatible a nivel alto, tener una gran atracción física/sexual, sin importar mucho la atracción emocional o la intensión/acción de caminar juntos. Si se encuentra con alguien que tenga la misma idea, podrán hacer una relación plena con llegar a ese nivel, y está bien. Mientras ambos estén de acuerdo en caminar así, es válido.

Habrá quienes ni siquiera quieran tener compatibilidad en la forma y proyecto de vida, porque son muy individuales y quieren cada quien seguir teniendo su propio camino, pero se llamarán pareja, y tendrán su muy única y especial forma de serlo.

Lo central de esto es poder expresar qué es lo que quiero, cómo es que percibo la relación que estoy teniendo, y lo que la otra persona quiere y perciba que tiene conmigo. De ahí decidirán si están en el "mismo canal" (sea cual sea), si requieren moverse para estarlo o si de plano ya no quieren más estar ahí y quieren cambiar de cuadrante para ser menos cercanos.

Después de identificar el lugar en donde están, que les dará el "qué somos", se planean estrategias para ver en donde quieren estar, y se camina en ese rumbo hasta llegar, o hasta que uno de los dos o los dos decida salir de la ecuación.

◎ Sentimientos que se despiertan

♡ He conocido una buena cantidad de gente en mi vida, de muchos tipos y formas de ser... Cada persona despierta en mí sentimientos diferentes. Hay quienes me despiertan toda la ternura del mundo, admiración, serenidad, ganas de cuidar y proteger. Hay otros que llegan a moverme sentimientos de desagrado, ganas de vomitar, comezón, flojera, miedo, frustración y demás cosas desagradables. Y hay otros tantos que me han despertado romanticismo, mis sentimientos más cursis, mi lado poético, las ganas de abrazar y no soltar, algo que podría llamar Amor de Pareja.

José ha logrado despertar en mí muchos sentimientos. Siento muchas ganas de abrazarlo, de cuidarlo, de atenderlo, de apapacharlo. Me despierta admiración, toda la ternura que puede existir en mi corazón, me despierta las ganas de hacer lo que sea con tal de que sonría... daría todo por esa sonrisa... Amo saberme parte de su felicidad... aunque a veces creo que Amo el mero hecho de que sea feliz, de saberlo y sentirlo feliz, sea cual sea la causa...

Me provoca el querer Amar... Cuando estoy a su lado despierta en mí las ganas de ser más que amigos, de poder ser especial en su vida, porque él ya lo es en la mía... Me despierta toda una gama de colores. Me gusta lo que siento cuando estoy a su lado o cuando estoy de alguna forma en contacto con él...

Me ha pasado que veo alguna foto en sus redes sociales virtuales donde está muy sonriente, no sé ni por qué, pero eso me trae una sensación de felicidad... Amo saberlo feliz... Me hace sentir que soy capaz de quitarme de su camino si de esa manera va a ser feliz.

Creo que soy el perfecto ejemplo de "ojos de borrego a medio morir" cuando lo veo... me arranca suspiros. Me gusta la idea de ser su amiga, porque existen en mí los sentimientos de compañía, ternura, dulzura... pero cómo me gustaría poder ir más allá, y hacer todo lo que mis sentimientos Amorosos me provocan hacer, pero que mi cordura me impide, porque al parecer, no le interesan mucho...

También me despierta las ganas de recibir su amor, de que él sienta también esas chispas de Amor (aunque más bien en mí son más parecidas a explosiones atómicas)... quisiera recibir sus miradas tiernas, junto con las apasionadas y las románticas... Viviría por escuchar un "Te Amo" que viniera de él... más bien, por saber que lo siente por mí... Porque al parecer no sirve de mucho tener todos los sentimientos románticos y Amorosos por alguien, si no son correspondidos en una medida similar... es como sembrar rosas en el jardín de alguien que cada vez que va abriendo una nueva flor, la corta, incluso antes de saber de qué color será (como Morticia de "Los Locos Adams" quien le corta las flores a todas sus plantas)...

Tal vez podría estar tratando de sembrar todos mis sentimientos bonitos en su jardín, pero si no son recíprocas las ganas de ver las flores o los frutos, no tiene caso, porque los descuidará y se secarán... A diferencia de que, si ambos tuviéramos sentimientos similares, el jardín sería genial, olería al tipo de relación que quisiéramos formar. Decidiríamos si queremos que sea un jardín de flores, de árboles, de zacate, o de todo, y ambos lo cuidaríamos.

🧩 Esta analogía del jardín y los sentimientos me ha servido para entender cómo los sentimientos juegan un papel clave en las relaciones interpersonales. Hay personas que me despiertan sentimientos agradables otros desagradables y algunos me dejan en un estado neutral, no me mueven nada.

Creo que ésta es una clave para saber qué tipo de relación interpersonal quiero cultivar con alguna persona. El jardín es la relación que formamos. Para empezar ambos tenemos que estar al cuidado del jardín, QUERER hacerlo. Y es importante ponernos de acuerdo en qué tipo de jardín queremos, porque si uno quiere un jardín romántico y el otro uno de amistad, cada quien va a estar aportando las semillas de los sentimientos que tienen por el otro, pero como no están en sintonía, el que quiere solo amistad (o menos) va a creer que los sentimientos de romanticismo sembrados son "hierbas malas" y los arrancará. El enamorado seguirá sembrando Amor, el que no lo está lo seguirá arrancando, y creyendo que están de acuerdo. El futuro de ese jardín es de dos jardineros fastidiados, uno porque los sentimientos de Amor que siembra no "florecen" (y a veces no sabe ni por qué, o no se quiere dar cuenta) y el otro porque tiene que esta arrancando constantemente "hierbas malas" que asfixian a las plantitas tiernas y de amistad que siembra.

Tal vez no hay una forma concreta de explicar cómo se diferencian los sentimientos de amistad de los de Amor. Pero para el corazón de cada quien es muy claro, solo es cuestión de poner la atención necesaria y de ser honesto con uno mismo, afrontando miedos y otros elementos que puedan frenar la sinceridad conmigo, tanto el miedo de afrontar que tengo sentimientos románticos y Amorosos por alguien, como el miedo de descubrir que por alguien no se siente más que amistad, o ni eso.

Para mí la diferencia radica en los sentimientos románticos, en esos ojos de borrego a medio morir (como los de doña Florinda cada vez que ve al Profesor Jirafales). No me ha pasado que escuche una canción romántica y piense en alguien por quien siento ganas de solo ser amigos. La admiración, las ganas de cuidar, de apapachar, la ternura, la sonrisa, me las pueden despertar personas con quien no quiero más que amistad y también quien me despierte Amor de Pareja. Pero la cursilería, las ganas de escribirle letras románticas, los suspiros con ojos perdidos, esos solo me los puede despertar alguien con quien yo quisiera ser una pareja. Todos los sentimientos que implica estar enamorada.

Porque, aunque no los pueda definir de una manera muy concreta, delimitante y universal, creo que para el corazón es muy claro cuando por alguien siento más que amistad. Basta con ver su foto o con tenerlo enfrente (incluso a veces solo con recordarlo en la imaginación) para que yo sepa qué tipo de sentimientos me despierta. Estos sentimientos no los puedo crear, simplemente surgen. No puedo fingir que los siento o que no, al menos no es lo más conveniente, sobre todo cuando quiero mentirme a mí.

Hay personas que, por estar mucho tiempo en una relación de pareja, aunque ya no tenga sentimientos románticos busca autoconvencerse de que sigue "enamorado" para poder seguir dentro de una relación y no afrontar todo lo que conlleva un rompimiento, sobre todo cuando son muchos años de estar ahí. Tampoco me puedo engañar queriendo convencerme de que no estoy enamorada de alguien, simplemente no se puede. Al corazón no le puedo hacer "lavado de cerebro" sobre lo que debe o no sentir. Porque si quiero fingir que no siente Amor, se va a terminar pudriendo ahí adentro y salir en forma de amargura o frialdad. Y si por el contrario lo quiero obligar a sentir enamoramiento por alguien, al sentirse forzado puede simplemente cerrarse, bloquearse o apachurrarse.

Lo que sí sé es que los sentimientos se pueden cultivar, engrandecer, o descuidar. Si alguien está muy enamorado de otra persona y no es correspondido, sí es posible comenzar a ignorar ese sentimiento, al menos no alimentarlo con fantasías esperanzadoras de que la otra persona sí siente lo mismo o que si sigue esforzándose lo suficiente un día le corresponderán. Eso irá haciendo que el corazón note que no es correspondido y el enamoramiento terminará por desaparecer, sin dañar, sin ser asesinado, simplemente acabará su vigencia. El corazón no puede quedarse eternamente enamorado de alguien que no le corresponde, a menos que yo "cuide" ese enamoramiento, todos los días lo riegue con sueños irreales y lo mantenga vivo. Si no es así, y le hablo con claridad, veo la realidad de la no correspondencia, el corazón solito va a comprender y cambiar de dirección.

El corazón no es tonto, pero puedo atontarlo si no sé manejar sus sentimientos de manera adecuada, si busco convencerlo de un Amor correspondido que no existe o si busco solamente callarlo a la fuerza, sin dar explicación, sin conversar con él para conocer qué sentimientos alberga y qué hacer con ellos.

Los sentimientos que se despiertan en mí y en la otra persona respecto a la relación son clave para definir en qué tipo de relación interpersonal estamos, y si nos queremos mover, saber hacia dónde queremos caminar.

Cuando escribí este Bolimodelo me di cuenta de que al menos para mí, podía haber dos tipos de relación "culmen". Por un lado, la que tiene todo menos Atracción Física / Sexual y que tampoco tiene sentimientos románticos, a esta relación le llamo "HERMANOS ELEGIDOS". Son aquellos con los que tengo todo, podrías hasta vivir y trabajar con ellos, platicar laaaaargas horas en una mecedora en el balcón, pero no hay Atracción Física (al menos no la necesaria como para ser importante). Puedo pensar que la otra persona es atractiva, pero no es mi tipo, o simplemente no vibra en la sangre. Los sentimientos que se despiertan van más relacionados a la ternura, al cuidado, admiración y complicidad.

El otro tipo de relación cúspide sería cuando los 5 elementos están presentes en gran cantidad, yo le llamo "PAREJA COMPLETA", es en la cual simplemente quieres estar. No significa que no tengan problemas o que uno crea que el otro no tiene ningún defecto. Significa que se conocen con toda su autenticidad, se AMAN con loca Pasión, se apoyan en sus sueños, sus planes de vida, están en el mismo canal, respetan su individualidad (incluso la AMAN también), que saben y hacen por resolver las situaciones conflictivas que se pudiesen presentar. Se saben humanos y también saben que ninguno tiene la intención de dañar al otro, se sienten seguros, cuidados, protegidos. A ambos se les despiertan sentimientos tiernos, y también románticos. Y aparte, se quieren "Comer Vivos". AMAN estar en la piel del otro...

En los mapas 3 y 4 se representan estos dos tipos de relaciones.

No creo que en todos los momentos de la vida y todas las personas estén aspirando a tener este tipo de relaciones (Hermanos Elegidos y Parejas Completas). Creo que cada quien decide qué es para él su relación perfecta. La idea aquí es que entre más consciente y claro se tenga, más fácil va a ser encontrar el tipo de relaciones interpersonales sanas que se quiera construir.

Otro punto importante. Los 5 elementos no aparecen por arte de magia de un momento al otro (bueno, a veces la Atracción Física /Sexual sí), y tampoco hay un orden determinado para ello. Incluso, en una buena relación constructiva y sana pueden variar con el tiempo, y no significa que la relación esté "muriendo", sino que hay que tener claro qué está tambaleando para trabajar en ello. O también para saber que es momento de soltar.

❂ Indicaciones para usar el Mapa

Como casi cualquier cosa, el mapa tiene sus indicaciones para poder ser utilizado de manera más adecuada. No es que sean reglas en sí, pero son algunas prácticas que pueden servir para caminarlo de manera más pacífica y útil.

- Primero que nada, las dos personas deben que tener las ganas de estar en el mapa, es decir, entablar alguna relación interpersonal entre sí. Después necesitan la intención de encontrar en qué punto del mapa están. Si uno de los dos no tiene la intención de saberlo, es que no está en el mapa. Tal vez muera de miedo para ver su ubicación y eso significa que no está preparado, o no es su momento para estar en el mapa. Hay que respetarlo. También puede ser que simplemente no le interese estar ahí.

- Hay que saber respetar los tiempos de ambos. La máxima velocidad a la que se puede avanzar es a la que lleva el que va más lento de los dos.

- Ser lo más realistas y claros posibles con uno mismo y con el otro (si es que le interesa estar en el mapa contigo).

- Es lineal, no puntual. Esto significa que no se "brinca" de un lugar a otro, sino que se va avanzando paso a paso, se va recorriendo el camino de poca intimidad hacia media, no solo se va de un lugar a otro en un día.

- La posición en el mapa no necesariamente es estática, puede moverse. Aunque también pueden decidir quedarse en algún punto (el que sea).

- La relación está en el mínimo grado coincidente de ambas partes. Esto significa que, si yo te tengo un 10 de confianza y tú un 3, la relación está en un 3 de Intimidad, es decir, apenas estamos llegando a conocidos, no más. O si uno siente una atracción física de 8 y otro de 1, la relación está en 1.

- Es necesario primero conocerse a uno mismo, conocer al otro y conocer el Nosotros que formamos, para poder ver en dónde están hoy y si hay otro lugar a donde quisieran comenzar a avanzar juntos.

- Entre más claro esté cada uno y sean honestos el uno con el otro, más fácil es ubicar en dónde están y hacia dónde van (en caso de que decidan que hay que moverse).

- Saber dónde están ubicados trae PAZ si es una elección consciente y conjunta.

- Es indispensable delimitar el repertorio de conductas que ambos quieren aplicar para la ubicación en la que se encuentran. Por ejemplo, en cuanto a la cercanía física, al tiempo que quieren pasar juntos, a la exclusividad, etc.

- Independientemente de la ubicación es necesario tener cuidado y responsabilidad por esa relación; entre más cercana se torna, ese cuidado y responsabilidad va creciendo, pero no a fuerza, sino por la mera naturaleza del camino.

- Los elementos descritos en este Bolimodelo no agotan todos los elementos que juegan en una relación de pareja, es solo una forma de poner en claro algunos puntos que he encontrado que pueden ser clave. Y probablemente en algún tiempo o en otra cultura puedan variar.

- Para las diferentes personas los elementos tendrán diferente importancia, y de eso dependerá el tipo de relación que quiera formar y qué título le quiera poner (o no poner).

꩜ **Bolinotas importantes sobre la vida y mapa:**

- No quiero un Amor de mi Vida, más bien quiero un Cómplice de Vida con quien decidir día a día caminar juntos, apoyarnos, escucharnos, apapacharnos y despeinarnos. Aun y cuando haya momentos del camino que nos toque atravesarlos individualmente, porque seguimos siendo individuos autónomos, pero hasta en esos momentos, sentirnos acompañados.

- No recibo a alguien en mi camino, ni me voy a meter en el camino de nadie más. Sino que nos encontramos en el camino y decidimos si acompañar un rato en su camino al otro y desaparecer, buscar encuentros de vez en cuando, caminar de cerca, o de muy cerca o incluso comenzar a construir uno camino en conjunto.

- Cuando no tengo la oportunidad aún de platicar con el otro para clarificar en qué punto del mapa estamos y a cuál quisiéramos ir, es bueno tener a algún hermano elegido cercano que me pueda dar una visión externa, como si fuera un dron que sobrevuela el terreno, que teniendo una visión con menos carga emocional que yo, me pueda decir con honestidad lo que puede percibir. También para recordarme que si aún no he clarificado el mapa con el otro, significa que no es tiempo todavía de ponerlo en el mapa (solo en las áreas naranjas en donde son espacios desiguales).

- Nadie me puede invitar a vivir en su mapa en el punto de relación de pareja si en ese mapa ya hay alguien ocupando ese puesto. Aunque ésta no es regla, porque sé que hay diferentes creencias sobre las relaciones de pareja donde pueden caber varias personas en el mismo puesto (o similares), solo la agregué como una nota para mí, porque quisiera tenerlo presente, ya que en mis creencias veo esto como un punto clave para el cuidado de mi Amor Propio.

- La ubicación en el mapa no la puedo hacer a base de "señales" que veo (o quiero ver), es necesaria la comunicación real y clara para poder encontrar esta verdadera ubicación.

- Para ubicarse en el mapa es necesario tener en cuenta el presente, no lo que fue hace tiempo o lo que quisiera que fuera. Datos reales y en momento actual. Es decir, no se vale hacerse pendejo solo tratando de ver algo que no es.

Entonces, sumando el recorrido de conceptos y teorías, podría resumir este libro en el siguiente esquema:

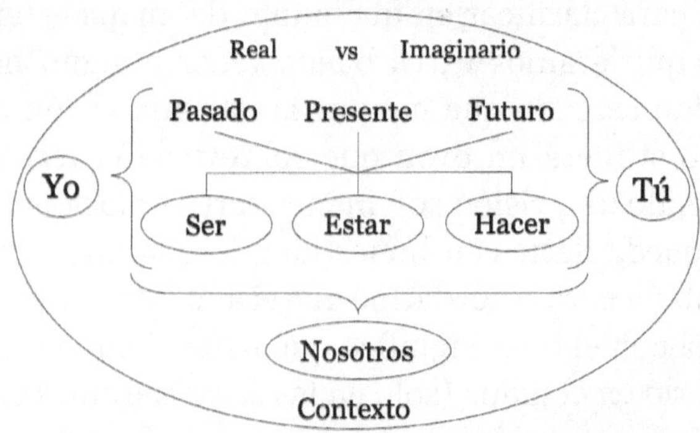

En donde aparece todo lo que he estado tratando de explicar, en orden general.

Necesito saber quién Soy, dónde Estoy y qué Hago, en este momento, en mi historia y lo que proyecto a futuro. Lo mismo de la otra persona y del Nosotros que formamos. Teniendo muy claro que es necesario diferenciar entre lo que hay en la realidad ahora y lo que quisiera o imagino que hay, hubo o habrá. También tener claro el contexto en el que se está dando su historia.

Pensaba que la teoría estaba completa, Nariz de Marrano, ubicación en el mapa, todo listo para poder responder preguntas, para tener la claridad suficiente para vivir lo más real posible. Pero al llegar a este punto del análisis, platicando con Myrna, mi psicóloga, me dio una sacudida importante.

Cuando le resumía mi libro le decía que la clave de todo esto era tener la claridad personal, y óptimamente, la claridad con la otra persona con quien se quiere formar una relación. A lo que agregó otro punto que creo que también es clave. Que cuando ya tengo la claridad necesito comportarme en congruencia con ella, es decir, utilizar el Repertorio Conductual adecuado a la decisión tomada en base a esa luz de la ubicación en el mapa. ZAZ tal vez eso es lo más complicado...

Creo que hay dos factores principales que pueden hacerme perder esa congruencia de actuar: Las Hormonas y El Enamoramiento. Ambos me ponen en un punto vulnerable, así que para actuar en congruencia es necesario no andar tentando a ninguna de las dos. Si tiento a las hormonas poniéndome en situaciones en donde fácilmente puedo tener cercanía física con la otra persona y ya he decidido que no es una conducta congruente con el lugar del mapa en el que estoy con otra persona, será difícil mantenerme firme, ya que, entrando las hormonas en juego, hay altas probabilidades de que el cerebro ya no pueda tomar decisiones congruentes.

De igual manera, en el enamoramiento el cerebro no piensa igual. Se llena de tantas sustancias químicas, tantos pensamientos y emociones, que no será fácil actuar en congruencia. A diferencia de las hormonas, tal vez no hay tanta forma de poder manejarlo, porque llega un punto en el que simplemente sucede. Lo que sí puedo hacer es que, si conozco a alguien y veo que me está comenzando a llamar la atención, antes de empezar a inundar mi mente con pensamientos bonitos y enamorosos sobre esa persona, podría hacer una especie de análisis (hasta donde se pueda) tomando en cuenta los elementos de la Ecuación de la Elección, para que antes de que tenga lleno el cerebro de Amor por esa persona pueda intentar ver si podría ser una persona adecuada para entablar la relación que quisiera. Después de que sucede el enamoramiento, el ser humano piensa diferente, subvalora los puntos flacos y sobrevalora las cualidades, teniendo una imagen un tanto distorsionada de la otra persona.

Por ejemplo, tengo la claridad de que una persona con quien yo quisiera entablar una relación de pareja no le interesa, y hasta me lo dijo, cerró la puerta de su lado. En teoría, según en el punto de ubicación en donde estoy, me doy cuenta de que lo único que podría construir con él son castillos imaginarios en el aire. Pero mi conducta se enfoca en que "vamos a ser amigos", entonces busco estar siempre en contacto con él con la excusa de que "siempre saludo a mis amigos cuando me acuerdo de ellos", o que yo soy muy abrazadora, entonces no pierdo la oportunidad de abrazarlo a cada rato. Aunque suene cruel, pero he encontrado que esto es jugar conmigo y con mis sentimientos. No le puedo llamar de otra manera.

Otro ejemplo de incongruencia entre la claridad de ideas y el repertorio conductual sería el de aquellas personas que sienten una atracción, pero sus circunstancias de vida les impiden compartir algo más que una relación de colegas de trabajo. Aunque se tenga claro y dialogado que no puede ocurrir nada más entre ellos, si se quedan solos en la oficina hasta tarde, cuando ya casi no hay más gente, aunque tengan la excusa perfecta porque tienen mucho trabajo que sacar adelante, es como jugar con fuego.

Cuando me pongo en la orillita del barranco, aunque esté muy consciente y claro de que no debo ni quiero caerme, si hay hormonas alteradas de por medio, es muy difícil tomar decisiones acertadas y congruentes en ese momento. Lo ideal es acercarme lo menos posible al barranco, mantenerme alejada de la línea de no retorno, y quedarme en el lugar en donde aún tengo la posibilidad de actuar en congruencia con lo que he decidido.

Como último ejemplo de esta incongruencia y que es muy común (y no por eso bueno) es el saber que ya no se quiere ser pareja de una persona, tener muy claro que ya no hay lo necesario para seguir unidos (los elementos del mapa en su cantidad necesaria), o hay algo que es indicador de que ya se debe salir de ahí (agresiones, violencia, indiferencia, etc.); sin embargo siguen ahí, ya sea por seguir paradigmas como "aguantar por amor", por miedo a la reacción de la otra persona, o incluso por querer seguir guardando apariencias de algún tipo. Aquí no solo se está jugando con uno mismo al no ser congruente entre lo que sé que necesito hacer y hago, sino que también estoy jugando con el otro. Incluso hay quienes prefieren ser infieles, buscarse otra pareja, otra compañía, pero sin soltar la que tienen, viviendo en una incongruencia, tal vez por no tener el valor de actuar a favor de lo que siente y piensa, tal vez por miedo. El caso es que termina viviendo de manera no auténtica.

En esta parte del libro y del pensamiento, me ataca la idea de que si esta forma de claridad (mapa, nariz de marrano, repertorio conductual, etc.) no se convierte en un "deber ser" de esos que al final se vuelven utópicos y persecutorios, causantes de frustraciones por no "alcanzar la perfección". Si de todas formas los seres humanos tenemos más millones de años de ser seres emocionales antes que pensantes y esto nos lleva a poder actuar más en base a nuestras emociones, a los impulsos... llego a dos ideas.

La primera es que habrá momentos en los cuales no quiero estar en ese "camino perfecto" para encontrar o construir una relación de pareja completa (según el Bolimodelo), y que quiero "jugar con fuego" un rato, por lo que sea (sacar a alguien de mi corazón, dejarme llevar por alguien que me atrae mucho, etc.). En este caso creo que necesito primero, como dice mi hermano Agustín, evaluar el costo que traerá, ver si no es demasiado para unos instantes de "sentir bonito o rico", si valdrá la pena, si "salirse de la línea" traerá más beneficios. Si sí, y quiero arriesgar, adelante, hay riesgos que son necesarios tomar para poder vivir en plenitud. Pero si no, es momento de dejar de tentar a mis neuronas y hormonas con excusas baratas (o caras, las que sean).

La segunda es que seguramente por algo evolucionamos a ser seres pensantes, por eso nuestro neocortex (última parte del cerebro en evolucionar que se dedica al pensamiento racional) hizo aparición, entonces hay que usarlo y no solo excusarme en que "soy ser emocional" para hacer un desmadre con mi vida.

Entonces creo que la claridad y decisión son clave para poder tener relaciones interpersonales sanas y constructivas. Y actuar en CONGRUENCIA con ello es lo que aterrizará a la realidad ese tipo de relaciones.

♥ Creo que ya voy entendiendo... Yo veo que José y yo tenemos todo, siento que conforme nos hemos conocido hemos descubierto cosas que nos encantan del otro... Creo que tenemos una compatibilidad de vida muy buena, nos atraemos emocionalmente, nos compartimos cosas de nuestra vida que no se las platicaríamos a cualquiera, nos gustan los sueños del otro y le echamos porras. Nos admiramos... y ni se diga lo demás... una de mis frases favoritas es cuando dice: "qué rico nos sale lo que hacemos" cuando se refiere a la química explosiva que sucede cada vez que nos estrellamos él, yo y nuestros instintos contra alguna pared...

Siento que tenemos una impresionante química hormonal y neuronal... ambos deseamos con todo el corazón que el otro sea muy feliz, esté en paz y disfrute la vida... ¿qué más podríamos desear?...

...SUSPIRO...

◎ **Un miércoles:**

♡ A estas alturas del partido, ya en las últimas letras del libro y muchos meses después de no tener contacto con José, he cruzado algunos mensajes con él. Tardé 5 días desde que encontré la razón perfecta para decidirme a escribirle y saludarlo... No me atrevería a llamarle...

No tenía expectativas, ni siquiera de que me respondiera, si acaso algunas palabras que al final terminan "bateándome", como lo hizo las últimas veces meses atrás... pero aún así, me animé y lo hice.

Para mi sorpresa me respondió rápido, y más allá de solo eso, continuó la conversación... Yo estaba ocupada en ese momento, habían llegado visitas a mi casa y aparte necesitaba trabajar un rato... pero, como era costumbre desde aquel 2 de octubre que nos encontramos en un semáforo en rojo (como sus tenis), el mundo desapareció un ratito. Aunque estaba con un ojo en atender visitas y otro en el teléfono con él, mi presencia estaba a su lado... leyéndolo y platicándole... compartiendo un ratito de vida...

Me dijo cosas que me dejaron pensando, y no tuve más remedio que convertirlo en letras, porque si no lo hago, tal vez no podría dormir tranquila, o estaría sueñe y sueñe con lo que traigo rebotando. Es más, tal vez esto ni siquiera vaya a terminar siendo parte del libro publicado, pero lo necesito escribir...

Me dijo que se acordó de mí cuando se cortó la barba... quise fingir demencia al respecto, pero no porque no supiera a qué se refería, sino porque no quería que supiera que cuando vi su foto sin barba solo pensé: "cuaaanta superficie besaaaaaableeeeee".... pero quería guardar la compostura... no lo diré, no lo diré, no lo diré...

...pero ni cómo negarlo... él me provoca la transparencia...

Después le platiqué que él aparecía en el libro que estaba escribiendo, y le dije que cuando lo terminara se lo mostraría.

Después me dijo que se acuerda seguido de mí... ¿De qué se acordará?, ¿cuando está haciendo qué piensa en mí?, ¿lo hará tan seguido como yo?.

Quería que supiera que yo a veces pienso en él más de lo que mi cordura quisiera... pero no se lo dije, porque tal vez es algo que no quiera o no le interesa saber... Y no solo paseo por los encuentros físicos apasionados... sino por la cercanía, la confianza, la complicidad que me despierta estar a su lado... Tal vez ya caduqué en su vida y simplemente debo aceptarlo y dejar que José para mí ya solo viva en este catártico libro...

La conversación siguió por un rato... la disfruté muy rico... y ya para finalizarla, porque no quería que se me empezaran a salir más cosas por los poros de la piel y lo pudieran incomodar, comencé a despedirme, y le dije que me gustaría mucho tener una amistad chida con él, a lo que él respondió que también le gustaría, pero que necesitaba que pasara tiempo...

¿¿Tiempo??... moría de ganas de preguntarle si necesitaba tiempo porque aún sentía algo más que amistad por mí, y por eso no me podía tener cerca... también moría de ganas de decirle que al menos yo sí lo sigo sintiendo... Tal vez lo único que siente de más por mí es atracción física, y por eso mejor prefiere evitarme, para no caer en aquello que de inicio me dijo que no quería: besar amigas.

...tal vez solo me dijo que quiere tiempo para no poner otra razón que suene menos agradable como: "no me interesas en ningún aspecto, punto". Puede ser...

Sigo sin saber si en su vida fui alguien importante, si se llegó a enamorar como yo, si solo fue una fuerte atracción física momentánea, si fui solo alguien más que cruzó por su camino... no sé en qué parte del mapa nos ubicaba... me pica la curiosidad...

Pero ahora sé que hay tiempos perfectos, y que una buena cantidad de ellos los crea cada quien, más allá de solo esperarlos. Ya he entendido que en esto de las relaciones interpersonales, sea cual sea su ubicación en el mapa, es cuestión de dos, de respeto y, de ser posible, de conocimiento y claridad. Así que, si quiero probarme de verdad que todas estas letras las he aprendido, respeto el tiempo que dice que necesita... Aunque muera de ganas de verlo, de platicar, de decirle que no solo siento atracción física... que en mi mapa tendría una ubicación importante... que no lo he puesto ahí solo porque no quiere...

Terminé de escribir estas letras... eran las 10:50 y tantos de la noche, solo quería decirle al oído lo que escribí... pero contuve mis impulsos, y me dije: abre el *whatsapp*, si está "En Línea" le puedes escribir, si no, no. Lo abrí tres veces antes de decidirme a escribirle algo... las tres veces estaba "En Línea". A la cuarta le escribí, solo le dije el gusto que me había dado saludarlo, y que como de costumbre desde que nos conocimos, me había provocado cosas chidas.

Me contestó enseguida... me puse en *mood* rosilla, platicamos unos minutos más... me preguntó algunas cosas sobre mi vida... y aunque no le compartí lo que había escrito sobre él, solo le dije que me había provocado letras y sonrisas... de esas que salen sin permiso ni piedad...

☺ Jueves:

Confieso que me da miedo meterme a la emoción que me despertó el haber platicado ayer con él... no sé si es estúpido hacerlo... no quisiera que me doliera darme cuenta de que siguen siendo fantasías mías lo que vi entre las palabras y preguntas que me hizo... soy buena creándome cuentos del tipo romántico...

...suspiro...

Creo que lo mejor será respirar, disfrutar la emoción de la plática, y seguir avanzando en el camino, con la sonrisa de ayer, sin pensar en si mañana también podrá ser... Como lo dicta el Bolimodelo, entre más aterrizada esté en la realidad tangible, más fácil será tener la claridad y tranquilidad que eso da...

Nadie puede estar en mi mapa si no quiere hacerlo de manera consciente y responsablemente, con decisión mutua. Tampoco yo estaré en el mapa de nadie más, ocupando un espacio que no quiero.

Eso me da Paz y me permite que simplemente sonría sin miedo por el día de ayer, y continúe mi camino...

...suspiro...

꩜ Lunes siguiente:

José, hace dos días la Vida nos puso en el mismo lugar, solo nos separaban algunas paredes... pude haberte ido a buscar, pude llamarte para decirte que ahí estaba, que te quería saludar... pero recordé el respeto al tiempo que pediste que necesitaba que pasara... y solo me dediqué a seguir disfrutando lo que yo estaba haciendo, con una sonrisa de lado que me recordaba que tú también estabas ahí, haciendo algo que te apasiona hacer...

Han pasado 5 días de nuestra plática... y se me ha atravesado una canción, que hoy a las 09:58 am te canté al oído... bajito... con los ojos cerrados, mis manos en los bolsillos del pantalón, como cuando se van pateando piedritas en la calle... pensando que le abrazaba, y no sé por qué, pero creo que sí me estabas escuchando:

> *"Solo con cerrar los ojos me siento tan cerca, es que tú eres mi fuerza y mi debilidad,*
> *Tú me limpias el aire, cómo me enamoras,*
> *Me alegras la vida y me sabes amar cada vez más [...]*
> *Nos queremos hasta el infinito y más allá del cielo,*
> *Me gusta este cuento y esta historia que hay entre tú y yo.*
> *Ven, voy a cuidarte el corazón, por eso ven, que aquí te tengo esta canción,*
> *Ven, tú eres mi vida, que yo la tuya cuidaré toda la mía."*
> *(Fonseca, "Ven")*

...suspiro... respiro... te mandé un mensaje de bonito inicio de mes, prometiéndome que no volveré a contactarte antes de terminar este libro, al menos no por iniciativa mía... creo que así lo haré... dejaré que la Vida, tú, yo y lo que sea que siga, vayamos decidiendo con todo respeto y Amor hacia dónde sigue la historia...

Pero no lo logré, bastó ver una imagen tuya para volverte a contactar... y al fin encontré lo que necesitaba para cerrar este capítulo de vida. Me dijiste que sales con alguien, que justo ayer habías comenzado la relación, y bueno, aunque no fue una noticia muy alegre para mí, creo que era lo que mi corazón y mente necesitaban escuchar para poder darle respuesta algunas de mis dudas sobre el tiempo, el mapa, etc.

Te dije algo que jamás le había dicho a nadie, porque no lo había sentido nunca: "Tengo sentimientos encontrados, porque de aquí para allá aún hay algo, pero me gana el gusto que me da saberte y sentirte feliz. Te lo mereces".

Nunca había sentido gusto porque alguien de quien estuviera enamorada encontrara pareja... pero me dijiste que estabas contento... y eso me hizo sonreír... ¿Será que al fin entendí eso de querer tanto a alguien que si no es feliz conmigo prefiero que sea feliz donde pueda en verdad serlo?

...tal vez eso es la Paz...

...suspiro...

...sonrío...

Todo iba bien... hasta que comenzó a anochecer, salí a caminar por el parque para tomar aire e ideas... y aunque creía que me sentía muy bien, muy tranquila, mi cuerpo me comenzó a decir que algo adentro no andaba bien, así que regresé a casa... Me metí a bañar y entre las gotas de agua y la espuma del jabón bajaba la adrenalina del día (que había tenido algunas otras cosas).

Me comenzaron a llegar algunas preguntas como "¿por qué hace 5 días me dijo que se acordaba seguido de mí, pero ahora resulta que tiene a alguien más?... tal vez ni siquiera es cierto, lo dijo solo para alejarme, pero sigue teniendo sentimientos bonitos por mí... Es decir, que entró la etapa de la negación (las etapas del duelo son: Negación, Ira, Negociación, Tristeza y Aceptación). Y yo misma me contesté: De todas formas, si quiere que yo sepa que tiene pareja, sea o no cierto, es lo que quiere que yo crea para mantenerme lejos... así que qué caso tiene seguir ahí, mantener vivas esperanzas que explícitamente él quiere que yo quite. Sintiera o no algo por mí, él me quiere lejos, y es lo único que importa.

Durante unos minutos pasé por las siguientes etapas de la pérdida. "Eché algunas madres", también solté algunas lagrimillas, hablé de frente con la Vida, le hice algunas preguntas... Y tomé el teléfono para hablar con Agustín. Su respuesta fue: Entiendo ese sentimiento de "aaassshhgggg ándale, ve por tu felicidad..." y comenzó a cantar:

> "Y no es por eso que haya dejado de quererte un solo día,
> estoy contigo aunque estés lejos de mi vida, por tu
> felicidad a costa de la mía.
> Pero si ahora tienes tan solo la mitad del gran Amor que
> aún te tengo,
> puedes jurar que al que te quiere lo bendigo,
> quiero que seas feliz aunque no sea conmigo..."
> (Celso Piña y Café Tacuba, "Aunque no sea conmigo")

Qué canción tan certera... porque en música y letra le dieron justo al clavo... a ese sentimiento incompatible que se produce cuando Amas a alguien pero ya encontró la felicidad en otra parte... es una felicidad triste... o una tristeza feliz... aún no lo se... pero así de retorcido es lo que siento... ni siquiera soy capaz de ponerlo en letras, es tan intenso que sale demasiado suave... no lo entiendo... pero es justo como la melodía de esa canción...

...¿Qué sería de mi vida si no existiera la música?... creo que al igual que la filosofía, me da a entender una buena parte de camino... ¿qué sería mi vida sin Agustín, que me canta canciones que me explican la vida?... ¿o qué sería sin mis otros hermanos elegidos?, como Paco que en vez de tratar de tapar el sentimiento, lo acompaña, y me dice: "La vida te quita lo que no necesitas. Te pone lo que necesitas, pero muchas veces somos ciegos y no lo aceptamos porque no es lo que, según nosotros, es lo que nos conviene"...

...a dormir...

...caí como tronco...

...soñé muchas cosas, supongo que mi cabeza tenía mucho trabajo en acomodar ideas, emociones...

◉ Martes:

Despierto de madrugada, más de lo normal... las letras me llaman... parece que este libro cada día quiere que le escriba algo nuevo... hasta he llegado a pensar que la Vida me está poniendo un montón de vivencias comprimidas en pocos días para poder darle más contenido al libro... no lo sé...

Lo que sí sé es que, dentro de todo este sube y baja de emociones, de preguntas, de respuestas, siento Paz... mi corazón está Sereno... creo que es un buen signo. Sigo enamorada de la parte de Ser que conozco de José, pero hoy decido que su libertad es más importante que mis ganas de Amarlo más de cerquita... Respeto le dicen, creo...

Amar es, no solo enloquecer de impulsos amorosos por alguien, sino también respetar cuando esos impulsos no son recibidos con los brazos abiertos... Es aquello de ser realista y estar en el presente para poder saber qué es lo que en este momento tengo y cómo esta, no qué fue o qué quisiera que fuera... datos crudos para poder actuar en base a ello...

Hay cosas que duele cerrar, situaciones que no me gustaría terminar, al parecer este libro es una de ellas... cerrar capítulos o libros de la vida implica trabajo, duelo, reflexión, reconocer lo que está sucediendo, aceptación, mucho tacto y observar con atención... Creo que también requiere hermanos elegidos que estén abrazando mientras tanto... recordando que es importante disfrutar la historia de mi vida, y aprender a reconocer cuando eso ya se debe quedar ahí, sobre todo cuando por gusto me quiero quedar solamente ahí...

Ahora será momento de actuar en congruencia con esta alegría que digo que siento de saberlo feliz. No chulearlo ni buscarlo más. Necesito tener claro y respetar que ha cerrado la puerta de su lado. Creo que no será sencillo, pero como soy un ser emocional con raciocinio, puedo hacerlo... Ser Congruente en mi actuar con ese respeto a él y sobre todo a mí... sin querer violar la cerradura que puso y tampoco ponerme en la línea de fuego, para no meterme sola en juegos que me puedan lastimar.

...suspiro...

⊘ Días después:

Amanecí con la curiosidad de saber qué canción seguirá por agregar en mi *playlist* de historias de amor... Alejandro Sanz saca su nuevo disco en esta semana, así que, creo que la vida no abusará de mi paciencia...

 (aquí se comienza a escuchar de fondo una linda y tierna música romántica instrumental...)

Es impresionante la velocidad con la que un nuevo prospecto para enamorarme puede aparecer cuando acabo de cerrar una relación (de cualquier tipo, real o imaginaria). Como que una tierra sin hierbas atrae sin necesidad de hacer nada (aunque no necesariamente que esté deshierbada significa que ya está lista para servir para la siembra).

Conocí a alguien que me comenzó a llamar la atención, y se empezó a dar una relación rica, de esas que por casualidad te encuentras en un parque o plaza cualquiera, de la manera más azarosa que existe. Y que la Vida (sí, le echo la culpa a la Vida porque creo que son cosas que "alguien" o algo debe planear) te hace encontrarlo tantas veces, hasta que dos perros toman cartas en el asunto y propician al fin el saludo directo, el Encuentro. Miradas, sonrisas, risas, conversaciones, atenciones... mensajes, complicidad... búsqueda consciente de encontrarse...

Darse cuenta de que no "puede ni debe ser", no es momento... pero funciona para ambos compartir un rato el camino. Mientras encuentran el punto en el mapa que pueden y quieren vivir, disfrutan la compañía del otro...

 (aquí se escucha el sonidito de disco rayado de cuando detienen la tornamesa repentinamente)

De pronto apareció otro de mis hermanos elegidos, Ulises, y me recordó que cuando ya está limpio el terreno, no vale la pena andar volviendo a sembrar pseudoamores, ni aunque sea por un ratito, si lo que quiero es construir mi jardín de pareja completa, porque luego es trabajo doble: sembrar y volver a sacar las malas hierbas, dejar descansar la tierra y hasta entonces se puede volver a sembrar. Así que mejor aprovechar desde el inicio para sembrar lo que quiero cosechar.

Me dijo que me dejara de cosas y que ya me pusiera a terminar el libro, que ya lo quiere leer... y yo le hice caso...

 (vuelve a escucharse la musiquita tranquila instrumental de fondo...).

Resumiría todas estas letras en la siguiente frase que surgió en una madrugada, mientras pensaba en todo el camino andado:

...Si alborota y convence a mis Neuronas (emoción y lógica) y a mis Hormonas, y es recíproco, es por ahí...

Ahora con la claridad de que nadie (ni yo) debe estar en el mapa a la fuerza... sabiendo muy conscientemente que yo no quiero ser ni estar al lado de una media naranja, (herida, "deschunchada" o en crisis), y tampoco me quiero enamorar de un príncipe azul utópico e inexistente... sigo caminando, porque creo que al fin he comprendido que lo que necesito es seguir trazando el sendero, disfrutando cada día, siendo más yo, para más bien encontrarme con un **Cómplice de Vida para Conquistar Nuestro Mundo.**

FINAL EN UNA DIMENSIÓN ALTERNA

(que no sé si lo soñé, lo deseé tanto que lo imaginé de forma muy
realista, o sucedió... léelo solo si quieres que tus neuronas
encargadas del pensamiento lógico se queden intranquilas)

♡ Un mes y siete días después, en la pantalla de mi teléfono
(justo en un día que había sido de esos muy pesados, en los
que la Vida me muestra su lado más raro e incongruente):

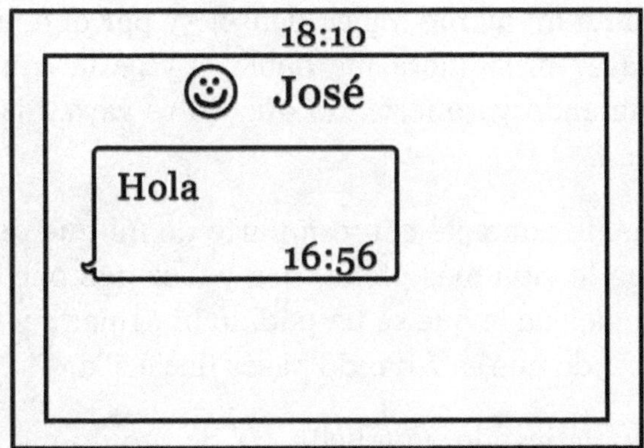

¿¿¿WTF???, ¿Estoy leyendo bien?, ¿¿José me está saludando??...

Corrección... ¿¿José me saludó hace una hora y cuarto??...

...¿Qué querrá?... ¿ya se habrá terminado el "tiempo" que necesitaba para poder entablar una amistad conmigo?...

Mi cara de una ceja levantada y la otra más abajo de lo normal. Esa mueca que en algún modo me dice que no entiendo ni un rábano lo que está sucediendo, me impidió que siguiera el hilo de pensamientos fantasiosos sobre lo que estaba viendo en mi pantalla... solo me dije: por más que lo intente, no sé leer mentes, al menos no la de José, así que no tiene caso que imagine nada, ni agradable ni desagradable...

Bueno, pues no sabré por qué me saluda si no investigo... así que bolicuriosidad en mano, le respondí el saludo...

Resultó que al fin varias metas que tenía se habían cumplido: un nuevo trabajo que Amaba y un nuevo país de residencia... Por unos nanosegundos tuve un sentimiento de nostalgia, de "noooooooooo, no te vayassssss"... pero rápidamente mi mente lógica pensó: ¿y por qué no quiero que se vaya? ni siquiera me habla, y ya está con alguien más... que ando yo queriendo que no se vaya... jajaja qué triste caso...

Rápidamente contacté con esa parte de mí que desea que José tenga la vida más plena, rica y feliz que pueda tener, incluso mejor de la que se ha podido imaginar... y me puse feliz, sabiendo que está dando pasos hacia ella.

Seguimos platicando, lo felicité... Y de pronto me dijo que no había sucedido nada con aquella persona que me había platicado, que ni siquiera habían llegado a caminar de la mano...

...Shock...

...sí, SHOCK...

...ahora sí, mi parte racional no hizo mucho esfuerzo, entonces mi parte visceral comenzó a soltar ideas en mi mente sobre por qué me había saludado hoy... y más allá de eso, empezó a pensar en por qué me decía que no había sucedido nada con aquella persona...

Respira, Respira, R E S P I R A...

Me sentí como Po (en la película "Kung Fu Panda 1) en la escena cuando le van a dar el Rollo del Dragón y empieza a decir todo lo que cree que va a poder hacer hasta que Shifu lo detiene, para que ahora sí tome el rollo... "Regresa, regresa, ¡¡regresaaa...!!"

jajajaja entonces regresé...

Intercambiamos unos cuantos mensajes, y sí... como lo que suele suceder en mí cada vez que alguna sorpresa chida ocurre, mis emociones arrasaron, el universo conspiró y en unos minutos ya nos habíamos puesto de acuerdo para vernos ese mismo día...

Tenía algunas dudas por preguntarle... cosas que platicarle... y por si acaso me diera el valor (o lo que se necesitara), eché una copia del libro (terminado hasta el capítulo anterior) en la cajuela de mi carro. Lo puse ahí porque si lo llevaba de copiloto, sería lo primero que le mostraría, y me pondría nuevamente ahí, toda transparente, sin ningún filtro... vulnerable...

Durante el camino a verlo me pregunté varias cosas, le llamé a uno de mis hermanos elegidos para platicarle, sí, a aquel que sabía que no me detendría pero que me pondría un poco los pies en la tierra...

Pensaba si el vernos había sido la mejor decisión... creo que en esta relación ha habido más despedidas que saludos... Más momentos en los que TENGO que olvidarlo que en los que puedo disfrutar de su compañía... Es extraño...

¿Y eso importa?... No, tú sigue avanzando, me dije. Que el carro llegue a donde tenga que llegar...

Nos vimos... de frente... en vivo... lo primero fue un abrazo... de parte mía tenía el tono de "no te quiero soltar nuncaaaaaaa... pero ya sé que otra vez te vas..." Fue largo, bonito, de esos abrazos en los que simplemente sientes que embonas...

Esos ojos... esa sonrisa... ESA SONRISAAAAAAA.... creo que me sigue derritiendo... tiene algo...

Platicamos durante horas... nos actualizamos un poco en nuestras vidas... fue de esas pláticas que saben a comer nieve de vainilla en una banca del parque de un pueblito sin prisa... nos reímos y también compartimos cosas serias, importantes... yo no quería que se terminara esa conversación...

Fue hasta ese momento cuando logré comprender algo... la principal lección que he aprendido con José es el respeto y Amor por las decisiones y la vida, tanto la propia como la del otro... Me di cuenta que él es una persona con quien puedo ser tan libremente yo, y es tan libremente él, que la comodidad que siento al estar a su lado es muy suavecita, color pastel...

También aprendí que hay historias que pueden estar pasando solo de un lado. Es decir, que sí puedo estar enamorada de alguien y gracias a eso tener una percepción errónea de lo que está sucediendo, del tipo de relación que se está construyendo, del punto en el mapa en el cual estamos (si es que estamos) y el rumbo que se está tomando (si es que hay algún movimiento)... Y que este tipo de percepción alterada, si no la hago consciente, me puede arrastrar a vivir una fantasía que, a la larga (o a la corta), se topa con pared... y duele un chingo... entre más tiempo pase en ella y más profundidad le dé, más fuerte resulta el golpe...

El tener las neuronas o las hormonas alteradas por el enamoramiento u otras emociones, puede llevarme a interpretar un simple "Hola" como un torrente de Amor apasionado que está esperando para ser absorbido... aunque su real significado es el original de la palabra: saludar. Un "te extrañaba" puede representar un "moría de ganas de verte para no soltarte nunca más", que en realidad solo significaba una convención social diplomática amistosa de "hace un buen tiempo que no te veía, qué bueno verte"... Puntos a favor de mejor preguntar antes de interpretar y acrecentar fantasías...

Es impresionante cómo se pueden interpretar las palabras y las acciones cuando tengo puesto el "filtro" del enamoramiento y/o de la atracción...

Creo que sí puedo enamorarme de alguien y no ser correspondida, o que alguien me parezca atractivo sin que él me haga en el mundo, pero estando muy consciente de ello y sin alimentar la fantasía de que soy correspondida. Teniendo bien claro que ando caminando sola en el mapa, que estoy en el área de arriba en donde se encuentran las relaciones que están en desequilibrio. Y eventualmente se desvanecerán esos sentimientos no correspondidos, con tranquilidad, sin forzar a que desaparezcan... solo dejando de nutrirlos. Es como cuando a una plantita no le hechas agua ni tierra... a menos que sea una mala hierba (un "amor" obsesivo, una idealización producto de algún trastorno importante, etc. que se debe trabajar con algún profesional en ello), terminará desapareciendo, dejando un buen sabor de boca de "que bien, mi corazón funciona", y será un capítulo enriquecedor en la historia de mi vida.

A veces, la "esperanza" mal entendida lleva a no querer cerrar capítulos. Da miedo decir: "Bueno, hasta aquí dejo la ilusión de que esta relación se convierta en una Pareja, porque ahora no es así, no están los ingredientes necesarios de las dos partes. El Fin." Porque allá a lo lejos (o no tan lejos) hay una vocecilla que dice: "Pero ¿si en realidad es el amor de tu vida y ya solo te faltaba "luchar" un poquito más?, ¿qué tal que al siguiente intento ya se daba cuenta de cuánto amor y compatibilidad hay y decide entrarle al mapa como algo más que amigos?".

Los pies en la tierra y conexión con la realidad ACTUAL, es lo que puede llevar a tener relaciones sanas, del tipo que sean.

¿Puedo ser amigo de alguien de quien estoy enamorada pero mal correspondida?... creo que mientras dure el enamoramiento de parte mía, no podría estar mucho tiempo cerca de él, porque cada día estaría pensando en que "ya mero" se enamora, y cosas así... Pero después de que el enamoramiento pasó, creo que, si tenemos los ingredientes necesarios, y es recíproco, la amistad puede incluso llegar a Hermanos Elegidos... lo he vivido...

Viendo los ojos de José ese día pude comprobar que algunas cosas que imaginé de nuestra historia solo pasaron en mi cabeza, gracias al filtro del enamoramiento y la admiración tan grande... También me di cuenta que, aunque me seguía gustando, porque uuufff me parece un hombre taaaaan guapo, ya no sentía ese enamoramiento perdido de la última vez (y todas las anteriores veces) que nos vimos... El sentimiento que me producía era otro... curiosamente igual de intenso, pero en otra dirección... Confianza, Ternura, Admiración, Ganas de verlo y hacerlo Sonreír, de escuchar su conversación, de platicar, Felicidad de verlo Feliz con sus nuevos planes de vida...

...Suspiro...

No tengo idea cuántos suspiros me ha sacado esta historia... cuántos me ha sacado José...

...Hoy siento que sé algo que antes no sabía. José, probablemente sin tener la intensión de hacerlo, me orilló a desarrollar toda una teoría sobre las relaciones interpersonales con tal de poder explicarle mi Amor hacia él... y ese tipo de Amor que le tenía cuando comencé la aventura de desarrollarla, se transformó antes de que terminara de escribir el libro... y antes de que se lo pudiera explicar...

Ahora entiendo aquello de "si amas algo déjalo libre"... porque no solo es que "dejara libre a José", sino que dejara "libre" a ese tipo de Amor que sentía por él... Si crecía a pesar de dejarlo libre, era bueno, porque significaba que no solo yo lo estaba alimentando, sino que José también lo estaría haciendo. Y si no crecía era, por lo contrario. El Amor de pareja, aunque puede ser sembrado por una sola persona, necesita el cuidado de dos.

Dejé libre ese Amor de pareja que sentía por José y se transformó en Amor de persona. Ese que se siente por aquellos seres especiales con quienes cruzamos camino y por una u otra razón se tornan claves en la vida, un parteaguas...

Agradecer, disfrutar, dejar ir, transformar, conocer emociones, personas, relaciones...

Y aunque no me quiera despedir de este libro, lo concluyo con la síntesis de este encuentro con José:

...Hay situaciones, emociones y respuestas que, aunque no son cómodas ni son las que desearía, son las que sanan y eventualmente llevan a encontrar PAZ...

...Conocer, Aceptar y ABRAZAR realidades es lo que puede ayudar a tener relaciones interpersonales sanas y disfrutables en ambos sentidos (ida y vuelta)...

...José, aunque nunca te lo he dicho en persona y de frente, Te Amo, ahora en el sentido más transparente y tierno de esas dos palabras... Gracias por Ser :)

LECTURAS SUGERIDAS

💿 "El triángulo del Amor". Robert Sternberg

💿 "Con el amor no basta". Aaron T. Beck

💿 "Dale tiempo al amor". Don Dinkmeyer

💿 "Manual para vivir en pareja". Demián Bucay

💿 "Enamórate de ti mismo". Walter Riso

💿 En la página www.pensandoenespiral.com se encuentran las ligas a las publicaciones de las investigaciones de la autora que se mencionan en el libro.

ACERCA DE LA AUTORA

Foto: Jesús Fuentes

Es Doctora en Filosofía con especialidad en Psicología y se dedica a la academia en el área de Cognición y Emoción humana y Educación. Esto significa que es bastante ñoña... ama la ciencia y compartir con el mundo lo que ahí encuentra...

Se ha dedicado a la difusión de la Filosofía y la Psicología a través de la consulta privada y los medios de comunicación. Es productora y locutora de radio desde el año 2003, en la estación universitaria Radio UANL, de su programa "Pensando en Espiral"®. Es directora editorial y columnista de la revista del mismo nombre.

Es consultora y tallerista en Desarrollo Humano, dedicándose a crear mejores ambientes organizacionales y el crecimiento humano, principalmente mediante ejercicios ludomusicales.

También es Médico de la Risa...

Y tiene la Bendición de compartir el camino con su hijo Alexander, uno de sus más grandes maestros de Vida.

Otros libros de la autora: Doña Benita y los Tropiezos del Corazón; Boliletras de Filosofía sobre el Box y la Vida; Boliletras de Filosofía sobre La Vida Cotidiana y Pensando en Espiral, La Revista, Complilado de Artículos.

www.ingramcontent.com/pod-product-compliance
Lightning Source LLC
Chambersburg PA
CBHW021001180726
47993CB00017B/522